Arena-Taschenbuch
Band 50192

*Hilke Rosenboom,*
geboren 1957 auf der Insel Juist, war 15 Jahre lang Reporterin für den *Stern*, bevor sie 1995 begann, als freie Publizistin Romane für Kinder und Erwachsene zu veröffentlichen. Sie starb im Sommer 2008 in Hamburg, wo sie lange mit ihrer Familie gelebt hatte.

*Annabelle von Sperber,*
1973 geboren, studierte an der Fach-Hochschule für Gestaltung Hamburg Illustrationsdesign mit dem Schwerpunkt Kinderbuchkunst. Seit 2000 lebt und arbeitet sie als freiberufliche Designerin in Berlin.

# Hilke Rosenboom

# *Fabiola*

## Ein Hauch von Chaos

Zeichnungen von
Annabelle von Sperber

Arena

1. Auflage als Arena-Taschenbuch 2010

Innenillustrationen: Annabelle von Sperber
Umschlagillustration: Eva Schöffmann-Davidov
Umschlagtypografie: knaus. büro für konzeptionelle
und visuelle identitäten, Würzburg
Gesamtherstellung: Westermann Druck Zwickau GmbH
ISSN 0518-4002
ISBN 978-3-401-50192-5

*www.arena-verlag.de*

# 1. Kapitel

Alles geschah an einem Dienstag, dem Tag, an dem die meisten seltsamen Dinge geschehen. An diesem Tag ging ein Mädchen mit einem Hund spazieren. Es war irgendein Hund, er zog nach hier und er schnüffelte dort, und er hörte auf kein einziges Wort. Aber das Mädchen war nicht irgendein Mädchen. Es war eines mit einem unpassenden Namen. Denn Dickie Zickewitz war nicht dick, sie war nicht zickig und sie war nicht einmal witzig.
Der Hund hatte auch einen blöden Namen, je-

denfalls für einen Hund. Er hieß Johannes und er machte, was er wollte. Dickie hatte schon lange aufgegeben, Johannes in irgendeine Richtung ziehen zu wollen. Dickie führte ihn ja auch nicht aus, weil sie so gut mit ihm harmonierte. Sie führte ihn aus, weil sie Geld dafür bekam. Nicht viel Geld, aber immerhin ein paar Cent. Das Frauchen von Johannes legte großen Wert darauf, dass er fröhlich zurückgebracht wurde. Dabei sollte vor allem der Hund fröhlich aussehen und nicht etwa Dickie. Wie es Dickie ging, das hatte noch nie jemanden interessiert.

Der Hund Johannes konnte daher tun und lassen, was er wollte, wenn sie unterwegs waren. Wenn er sich denn nur amüsierte. Dickie folgte ihm nur am anderen Ende der Leine und hing dabei ihren Gedanken nach. Wieso die Mädchen in ihrer Klasse sie immer wie Luft behandelten, zum Beispiel. Oder ob sie jemals ein eigenes Zimmer haben würde. Oder ob die Zeiten auch mal besser würden.

An diesem Tag hatte Johannes wieder einmal eine neue Idee. Er wollte gern auf die andere Seite des Bahnhofs gehen. Dann wollte er den Hügel hinunterschnüffeln. Am Sportplatz vorbeitrotten. In den Park hineinschwänzeln. Auf der anderen Seite wieder hinauswedeln. Und dann runter zum Fluss.

Dort gab es, soweit Dickie wusste, nur ein paar riesige Lagerhäuser, eine leer stehende Fabrik, einen Großmarkt, einen Friedhof und eine schnelle breite Straße.

»Stopp, Johannes, wir kommen ja schon aus der Stadt heraus!«

Johannes watschelte weiter. Seine Ohren schlackerten im Gegenwind. Dickie wusste nicht, ob er damit überhaupt hören konnte.

Sie liefen und liefen. So weit waren sie noch nie gegangen. Andere Leute anscheinend auch nicht, denn die Straße war menschenleer. Sie bogen viermal rechts ab und dann dreimal links. Am Ende der Straße musste Johannes endlich haltmachen, denn hier ging es nicht weiter. Hier war die Welt zu Ende. Das sah man an dem

Zaun. Johannes lugte untendurch. Dickie stellte sich auf die Zehenspitzen und schaute drüber. Dort stand eine riesige hellblaue Villa. Zwar blätterte schon hier und da die Farbe ab, aber das Haus war wunderschön. So verwunschen. Und so groß. Da gab plötzlich der Zaun etwas nach. Das war gar kein Zaun! Es war eine Gartenpforte und nun öffnete sie sich langsam. Johannes winselte und kroch so dicht neben Dickie, dass seine haarige Bauchhaut sie an den Waden kitzelte.
»Huhu«, sagte plötzlich eine leise Stimme hinter Dickie. »Du willst dir bestimmt das Haus anschauen!«
Dickie fuhr herum. Hinter ihr stand ein wunderschönes Mädchen und lächelte sie an. Dickie schätzte sie auf sechste Klasse und zwei Mal sitzen geblieben. Da sahen die Mädchen manchmal schon aus wie erwachsene Frauen. Aber dieses Mädchen war nicht richtig erwachsen, dafür hatte Dickie einen Blick. Das weiße Kleid des Mädchens war aus fließendem Stoff mit rosa

Sternchenmuster. Süß. Ihr langes Haar war von einem passenden Stirnband gebändigt. Hübsch. Und um den Hals trug das Mädchen ein dünnes Kettchen mit einem winzigen silbernen Gespensteranhänger daran. So niedlich! Überhaupt sah das Mädchen nett aus, fand Dickie. Und hübsch war es! Dickie fühlte sich neben dem Mädchen auf einmal klein und schäbig.
»Ich bin übrigens Fabiola«, sagte das Mädchen

nun. Ihre hellen Augen glitzerten. »Du solltest das Haus unbedingt nehmen. Ehrlich!«

»Ich? Hähä!« Dickie lachte verlegen. »Ich bin erst zehn Jahre alt. Und außerdem: So reich sind wir leider nicht. Also dann, auf Wiedersehen, war nett, mit dir zu reden!« Bloß weg hier, dachte Dickie.

»Halt!«, rief das Mädchen. Seltsamerweise zuckte der Hund Johannes zusammen und setzte sich augenblicklich auf seinen dicken Hundepo. »Es ist nicht teuer«, fuhr Fabiola fort. »Es ist das billigste Haus in der ganzen Stadt!« Sie lächelte Dickie an. »Und das schönste. Allerdings sind seine Vorzüge etwas verborgen!«

Dickie blieb zögernd stehen. Denn Johannes saß ja und schien nicht die Absicht zu haben, ohne den Befehl dieser Fabiola wieder aufzustehen.

»Wohnst du denn hier?«

Fabiola seufzte. »Nein, das heißt Ja, das heißt Nein, ach, was rede ich, ich meine ja nur!«

Dickie kannte mehrere Leute, die so sprachen. Ihr Vater zum Beispiel.

»Willst du es dir nicht wenigstens mal ansehen?« Fabiola nickte ihr aufmunternd zu. »Was würde deine Familie davon halten, in einem solchen Haus zu wohnen?«

Das hatte Dickie sich auch gerade überlegt. Sie wohnte mit ihrer Familie in einer kleinen Wohnung in der Stadt. Dickies Vater war Spieleerfinder von Beruf. Das passte gut zu ihm, fand Dickie, denn er spielte sehr gern, er konnte fast alle Spielregeln von allen Spielen auswendig und er gewann immer. Er war sechsunddreißig Jahre alt, aber er behauptete immer, dass er sich fühlte wie sieben. Spieleerfinder sollten sich alle fühlen wie sieben Jahre alt, sagte er immer. Das wäre viel besser für die Spiele, die sie erfanden. Dickie war es unangenehm, wenn ihr Vater so redete.

Dickies große Schwester hieß Britt. Sie war fünfzehn Jahre alt. Dickie teilte sich mit ihr ein Zimmer, seit sie denken konnte, also schon immer. Das fand Dickie wunderbar. Nur Britt nicht. Wenn Britt sehr abgespannt war, sagte sie manchmal, dass sie es grauenhaft fände, dass Dickie sie dauernd anlächelte.

Und dann war da noch Dickies Bruder. Er hörte auf den Namen Udo, das heißt, er hörte nicht darauf, da er meistens mit etwas anderem beschäftigt war. Er war vierzehn Jahre alt und er hatte ein eigenes kleines Zimmer. Der Vater schlief auf dem aufblasbaren Gästebett im Wohnzimmer.

Das alles sei nichts für ewig, sagte der Vater immer. Eines Tages würde er ein Spiel erfinden, das die Kinder auf der ganzen Welt spielen würden. Oder man gäbe ihm mal den Auftrag, einen Freizeitpark zu gestalten. Da würden die Leute aber Augen machen. Es sei außerdem nur eine Frage der Zeit, wann sie in ein schönes, großes Haus ziehen würden.

»Das wird sowieso nie was!«, maulte Udo.

Britt indes rief: »Dass ich nicht lache!«, und sie lachte wirklich nicht. Sie konnte nicht. Weil ihr

Zahnschmuck gerade trocknete, musste sie die Oberlippe mit einem Finger hochhalten.
Dickie blinzelte. Stand sie wirklich in diesem großen Garten? Das Sonenlicht flirrte in den Haaren von Fabiola. »Komm schon!«, sagte Fabiola. »Schau es dir einfach mal an. Oder du guckst wenigstens mal durch das Fenster. Ich wette, es wird dir gefallen und deine Eltern können es sich ganz leicht leisten!«
»Ich habe keine Eltern«, antwortete Dickie. »Nur einen Vater und zwei Geschwister!«

Fabiola schien einen winzigen Moment zu zögern. »Oh, so viele Geschwister? Na ja, egal. Dafür ist es ja nur ein Elternteil. Der Platz wird schon für alle reichen. Komm endlich!«
Der Hund Johannes hob den Kopf und folgte Fabiola mit unterwürfigen kleinen Schritten. Die Hundeleine in Dickies Hand ruckte. Da blieb Dickie nichts anderes übrig, als ebenfalls mitzukommen.
Sie musste sich auf die Zehenspitzen stellen, um in das Fenster spähen zu können. Ein Spinnweb strich über ihr Gesicht. »Puh, das ist aber dunkel da drinnen. Ich sehe gar nichts!«
Fabiola lachte leise. »Da ist das Wohnzimmer. Du willst also ein helles Wohnzimmer?«
Dickie zuckte die Schultern. »Weiß nicht. Ich bin nicht oft in unserem Wohnzimmer, es ist zu klein für uns alle. Mein Vater sagt immer, wenn wir mal zu Geld kommen, dann will er so wohnen wie die Ranchbesitzer in einem Western. Mit einem großen Kamin und einem riesigen Sofa. Und mit Holz an den Wänden.« Sie zögerte.

»Oh, das kann ich gut verstehen«, hauchte Fabiola. »Und wie soll dein Zimmer aussehen?«
Dickie seufzte. »Erdbeerrosa und Limonengrün sind schöne Farben und Bananenweiß und Blaubeerblau, ich mag aber auch Orange sehr gern.«
Fabiola kicherte. »Was für ein Orange? Ein dunkles? Oder so ein klares, fruchtiges?«
Wie es nur kam, dass Dickie bei dem Wort »Orange« schon das Wasser im Munde zusammenlief? »Ein fruchtiges«, antwortete sie und schluckte. »Aber jetzt muss ich schnell nach Hause gehen. Bis bald mal!«
Sie hatte sich schon umgedreht und versuchte nun, Johannes dazu zu bewegen, mit ihr zu kommen.
»Wie wäre es, wenn du heute Nachmittag mit deiner Familie wiederkommst? Dein Vater kann sich das Haus doch selbst einmal ansehen.«
Dickie schüttelte den Kopf. »Sei mir nicht böse, Fabiola, aber ich glaube, das ist nichts für uns. Allein der Garten! Er ist so riesig! Und das

Haus ist schon so alt! Mein Vater würde bestimmt sagen, dass es eine Bruchbude ist!«

»Und du?« Fabiolas Augen blitzten. »Was würdest du sagen?«

»Ich finde es wunderschön! Aber es ist ganz sicher zu teuer für uns!«

»Sag deinem Vater, dass ich mit ihm wette, dass er es bezahlen kann. Schau nur, das steht ja sogar auf dem Schild!« Sie streckte einen ihrer langen weißen Finger aus und zeigte auf ein Schild, von dem Dickie hätte schwören können, dass es eben noch nicht dort gestanden hatte. »Riesiges Haus dringend zu vermieten, wunderschön und superbillig. Cowboywohnzimmer mit Kamin und gigantischem Sofa! Wunderbares Mädchenzimmer in fruchtigen Farben!«

Seltsam, dachte Dickie Zickewitz. Dann machte sie, dass sie nach Hause kam. Der Hund Johannes rannte sogar voraus. Er rannte geradewegs durch das große Holztor, das Dickie vorhin gar nicht aufgefallen war.

# 2. Kapitel

Hast du Fieber oder was?« Dickies Bruder hatte gerade seine Ohrstöpsel herausgenommen, um sie mit einem Taschentuch abzuputzen, daher redete er so laut. »Was glaubst du, wovon Pop eine Villa bezahlen soll? Er kriegt es ja noch nicht mal auf die Reihe, dass hier jeden Tag Milch im Kühlschrank ist.« Udo liebte Milch, weil er die ohne hinzuschauen zu sich nehmen konnte, während er am Computer hockte.

Dickie zuckte verzweifelt die Schultern. »Es ist

wahr, Udo, bitte komm mit und schau dir das Haus wenigstens einmal an. Die anderen sitzen schon draußen im Auto und Paps hat gesagt, wenn ich es nicht schaffe, dich in einer Minute aus dem Haus zu holen, muss ich heute Abend den Abwasch alleine machen!«

»Cool.« Udo erhob sich aus seinem Bett und richtete sich zu voller Größe auf. Seine Haare hingen ihm ins Gesicht, aber Dickie glaubte, dass er hinter dem Vorhang lächelte.

Wie sie erwartet hatte, war die Stimmung im Auto mies.

Balthasar Zickewitz hatte offenbar einen schlechten Tag hinter sich. Er trommelte mit den Fingern aufs Lenkrad. Britt saß schon neben ihm und weigerte sich, auf den Rücksitz umzuziehen, als ihr Bruder erschien. Dass der sie um Haupteslänge überragte und hinten nur ins Auto passte, wenn er sich zusammenfaltete wie ein Origami, interessierte Britt nicht. »Was heißt das, dass ich auch mal hinten sitzen kann? Willst du damit ausdrücken, dass ich kurze

Stummelbeine habe? Hä? Außerdem sitzt schon der Hund hinten.«
Dickie seufzte und quetschte sich neben ihren zusammengefalteten Bruder und den nicht weniger zusammengedrückten Hund Johannes auf den Rücksitz. Beide ließen ein Grunzgeräusch hören.
»Aber das ist das letzte Mal, dass ich dich mit dem Auto irgendwohin fahre, Dickie«, murmelte Balthasar Zickewitz. »Ach, ich bin einfach zu gutmütig!«
Britt nickte.
»Dickie muss nur einen Wunsch äußern, dann wird er ihr erfüllt. Und was ist mit mir?« Ihre Stimme hatte einen leiernden Tonfall angenommen. »Ich weiß nicht, was das alles soll. Bestimmt ist das eine Bruchbude, die Dickie gefunden hat.« Sie grunzte. »Und wenn nicht, dann ist sicher irgendetwas anderes faul!«
Udo nickte zustimmend. Oder er nickte nur im Takt der Musik, die aus seinen Ohrstöpseln kam, jedenfalls wackelte sein Kopf auf und ab.

Sie fuhren und fuhren, ganz aus der Stadt hinaus und den Hügel hinunter.
»Und wo ist nun deine tolle Villa?«, fragte der Vater. »Ich habe nicht den ganzen Abend lang Zeit! Außerdem kommt mir ein Umzug ohnehin gerade etwas ungelegen. Zwei Tage vor meinem Geburtstag. Ihr müsst doch sicherlich noch etwas vorbereiten!«
Britt und Udo schauten gelangweilt aus dem Fenster.
Dickie reckte den Hals.
»Ich glaube, da vorn ist sie! Hinter dem Zaun. Du musst das Auto hier abstellen! Dann können wir aussteigen.«
»Waaas?« Britt drehte sich empört nach hinten um. »Aussteigen? Ich dachte, wir können auch aus dem Auto heraus alles sehen. Außerdem habe ich Sandaletten an. Ich wollte mit meiner Familie ein Haus besichtigen und keine Wanderung machen.«
Dickie war schon aus dem Auto geklettert. Am Nachmittag hatte der Zaun ganz anders ausge-

sehen, irgendwie baufälliger. Dieser hier war weiß gestrichen und er wirkte neu. Sie drehte sich um und sah den Hügel hinauf. Oder ob sie hier vielleicht doch nicht richtig waren? Hinter einer Baumgruppe war die große leer stehende Fabrik. Dahinter der Fluss. Dickie stellte sich auf die Zehenspitzen, um hinüberzulinsen. Da schwang das Tor vor ihr auf.

»Oh, wie schön, dass du zurückgekommen bist!«, hauchte in diesem Moment eine helle Stimme. »Hallo Dickie! Und das muss deine

Familie sein! Herzlich willkommen im neuen Haus!«

Dickie fuhr herum.

»Nun mal langsam«, rief Balthasar Zickewitz. Dann wurde er selbst langsam. Und blieb eine Sekunde später einfach wie schockgefroren stehen. »Holla, das ist ja ein feiner Kasten!« Seine Augen glitten zu Fabiola, die jetzt ganz in Rosa gewandet war. »Und willst du mir deine neue Freundin nicht einmal vorstellen, Dickie?«

Dickie konnte gar nichts sagen. Sie war verstummt. Was war nur mit dem Haus geschehen?

»Ich bin Fabiola!«, rief Fabiola. »Ist das Haus nicht duftig?«

»Es heißt dufte, nicht duftig!«, murmelte Balthasar Zickewitz. »Und dufte sagt man, glaube ich, auch nicht mehr!« Er sah aus, als würde es ihn viel Kraft kosten, nur in Fabiolas Gesicht zu schauen. »Sind Sie die Nachbarin? Ich meine, die Tochter der Nachbarin? Ich meine, äh, sind Sie vielleicht die Mutter der Nachbarin? Ach,

was rede ich nur?« Er schlug sich mit der flachen Hand vor die Stirn.
Fabiola lächelte. »Ich bin sozusagen Ihre Nachbarin, ich meine, ich kannte die Leute, die vorher hier gewohnt haben, und, ja, ich kenne den, ähm, den Vermieter gut.« Sie sah betreten auf ihre silbernen Flipflops.
Mit dieser Antwort schien sich Dickies Vater fast zufriedenzugeben. »Und Sie sind achtzehn Jahre alt? Ich meine, du bist sicherlich erst vierzehn, oder?« Er schlug sich abermals mit der flachen Hand vor die Stirn. »Ach, was rede ich. Du bist ja eine Freundin von Dickie. Dann bist du also zwölf, genau wie Dickie!«
»Ich bin aber erst zehn, Paps«, sagte Dickie leise.
»Na, egal«, antwortete Balthasar Zickewitz und lachte gezwungen. »Diese jungen Mädchen sind ja alle gleich, nicht wahr?«
Dickie seufzte. Ihre Augen brannten, als sie den Kopf in den Nacken legte und die Dachtraufe betrachtete, auf der ein Vogel hockte und zu ih-

nen hinabblickte. Konnte das wirklich das Haus von heute Vormittag sein? Die hohe Holzfassade schimmerte jetzt weiß und glatt wie frische Sahne. Alle Fenster waren fest geschlossen wie die Münder braver Kinder und sogar die Haustür hing nicht mehr schief in den Angeln.

»Ich habe das Haus ganz anders in Erinnerung«, sagte Dickie leise.

Fabiola lächelte süß. »Das liegt am Wetter. Heute morgen war es grau. Da sehen die Häuser auch grau aus. Aber jetzt scheint die Sonne!« Sie machte eine einladende Handbewegung. »Kommt endlich rein, ihr Guten!«, lockte Fabiola. »Ich zeige euch eure Zimmer.«

Britt hatte die ganze Zeit kaugummikauend am Zaun gestanden, nun aber nahm sie ihre Sandaletten in die Hand und tippelte barfuß hinter Fabiola her, so als würde sie an einem Band gezogen.

»Holla!« Dickies Vater war ihnen gefolgt. Er musste sich räuspern, damit seine Stimme nicht

mehr heiser klang. »Und was soll das Haus kosten? Dickie sagte etwas von drei Euro Miete. Aber das kann ich kaum glauben!«
»Drei Euro dreiunddreißig, um es ganz genau zu sagen«, säuselte Fabiola. »Es ist so günstig, weil es schon so lange leer steht. Und der Vermieter – äh – möchte unbedingt, dass es schnell wieder von einer Familie bewohnt wird!«
Balthasar Zickewitz nickte. Sprechen konnte er offenbar nicht mehr.
Das Wohnzimmer und die große Küche nahmen fast die ganze untere Etage ein. Dickie hatte noch niemals eine so moderne Küche gesehen. Alles glitzerte. Und wie wunderbar groß der Kühlschrank war. Der riesige Herd schimmerte. »Tolle Küche«, murmelte sie.
»Holla, ein Cowboysofa!«, rief Balthasar Zickewitz nun und ließ sich auf die riesigen braunen Polster fallen. »Und das viele Holz an den Wänden. Und dieser riesige Kamin! Was soll man darin grillen? Einen kompletten Elefanten? Hier ist es ja genau wie in einem Western!«

Wischte er sich tatsächlich mit dem Ärmel über sein Gesicht? Weinte er, weil das Sofa so schön war? Und so weich? Oder weil er an den armen gegrillten Elefanten denken musste? Dickies Vater war etwas zart besaitet. Und Dickie wünschte sich zum hundertsten Mal, dass er nicht immer so laut Holla rufen würde. Es war peinlich, sie zuckte immer davon zusammen und sie konnte sich einfach nicht daran gewöhnen.

»Ja, und bedenken Sie bitte, Herr Zickewitz, alles hier ist genauso, wie sie es sich wünschen, nicht wahr? Sie werden es doch bestimmt sofort mieten?«, lockte Fabiola. »Sie könnten noch heute einziehen.« Fabiola lächelte in die Runde. »Ihr müsst gar nicht mehr in eure alte Wohnung zurück. Im Badezimmer gibt es sogar schon eine neue Zahnbürste für euch!«

Eine für alle?

Fabiola schien den entgeisterten Blick von Balthasar Zickewitz richtig zu deuten, machte eine ausladende Handbewegung und fuhr fort, dass

im Badezimmer natürlich ein ganzer Karton neuer Zahnbürsten stünde.
Dann sprang sie plötzlich die Treppen hinauf. Dickie hatte noch niemals jemanden gesehen, der derartig schnell die Treppen hochkam. »Schaut euch nur eure Zimmer an, Leute!«, rief Fabiola. »Hier ist zum Beispiel ein wunderbares Zimmer für einen jungen Mann, würde ich mal sagen. Dunkelgraue Wände, schwarzer Fußboden, silberne Zimmerdecke, ein Schreibtisch in Form eines Transformers, das Fenster

ist abgedunkelt, alle Fernbedienungen vom Bett aus zu bedienen ...«

»Scheiße, ist das gut!«, rief Udo, verschwand wie ein Geschoss in dem Zimmer und warf die Tür hinter sich zu. Dickie sah, dass Fabiola lächelte.

»Und hier ist ein Zimmer für einen ganz besonderen jungen Menschen auf dem Weg ins Erwachsenenalter!«, schallte Fabiola. »Türkisfarbene Vorhänge mit grünen Tupfen, fliederfarbiger Flausch-Teppich, ein großer silberner Schminkspiegel mit Beleuchtung, ein eigenes Ankleidezimmerchen mit goldenen Wänden und ein großes Bett wie eine blaue Wolke. Und schaut nur, die großen Fenster blicken in den Garten. Na, für wen ist denn das wohl?« Sie lächelte Britt zu, die das allerdings nicht sehen konnte, denn sie kramte in ihrer Handtasche.

Dickie seufzte. Das war genau das Zimmer, von dem Britt seit Jahren schwärmte. Türkis und Flieder! Britts Farben! Britt wühlte immer noch in ihrer Handtasche. Die langen schwarz gefärbten Haare fielen ihr tief ins Gesicht. Dickie sah den hellblauen Minirock ihrer großen Schwester und wie verschossen er war. Das zu klein gewordene fliederfarbene Oberteil. Die türkisgrünen Plastik-Stilettos! Wie arm und geschunden Britt darin aussah. Und wie rührend, dass sie sich immer so hübsch machen wollte. War Britt nicht eigentlich doch ein liebes Mädchen, auch wenn sie Dickie oft ärgerte? Und liebte Dickie ihre große Schwester nicht trotzdem sehr? Dickie sah ihre Schwester plötzlich mit anderen Augen, so als ob ihr Blick verzaubert wäre. Im gleichen Augenblick stach etwas in ihre Rippen. Das war der Zeigefinger ihres Vaters. Balthasar Zickewitz war ebenfalls errötet. »Dieser junge Mensch an der Schwelle zum Erwachsensein, für den das Zimmer wie geschaffen ist, bin dann wohl ich!«, rief er aufgeregt. »Als Spieleerfinder muss ich mir meine Jugend bewahren. Türkiser Teppich sieht gut aus, türkis ist eine Jungenfarbe. Auf dem Teppich kann ich meine Pilatesübungen machen. Ich muss mich fit halten. Und die Fenster blicken in den Garten, schließlich brauche ich eine Menge Inspiration!« Er sprach immer schneller. »Wo ich doch übermorgen Geburtstag habe! Vielleicht mal ein Grund, die Farben des Lebens zu ändern!« Dann drängelte er sich plötzlich an Fabiola vorbei, nickte ihr noch kurz zu und eilte in das Zimmer hinein. Die Tür flog ins Schloss. »Wir nehmen das Haus!«, rief Dickies Vater von innen. »Ich habe auch bereits eine neue Idee für ein Spiel. Und nun Ruhe, bitte!« Dann war Stille.

Auch Fabiola schien einen Moment lang verwirrt zu sein, aber sie fing sich gleich wieder. Sie huschte auf die andere Seite der Diele, wo es noch eine dritte Tür gab.

Dickie konnte es kaum erwarten. Dahinter musste das Zimmer in den fruchtigen Farben sein. Ihr Zimmer!

»Na, wie sieht denn das aus?«, fragte Fabiola. »Sind das mal richtig fruchtige Farben? Ist das vielleicht duftig?«

Dickie nickte. Das Zimmer war sogar sehr duftig. Und die Farben waren so fruchtig, dass Dickie schon wieder das Wasser im Mund zusammenlief. Das große samtige Sofa strahlte in dem zitronigsten Zitronengelb, das man sich nur vorstellen konnte, das riesige Himmelbett war von einem frischen Erdbeerrot. Die orangefarbenen Vorhänge blähten sich im Wind und sie hatten exakt die gleiche Farbe wie die Wände. Es war wunderschön. Dickie mochte kaum hineingehen, so ergriffen war sie.
»Das nenne ich mal ein Zimmer!«, gellte Britt und drängelte sich an Dickie vorbei. »Auch wenn deine blöde Freundin es duftig nennt, mir echt egal, was ihr dazu sagt. Und glotz nicht immer so doof, du nervst mich!« Damit schlug sie die Tür zu und Dickie hörte, wie der Schlüssel von innen im Schloss gedreht wurde.
Dickie sah Fabiola verdattert an. Dann hob sie die Hand und klopfte gegen die Tür. Das gehörte dazu, wenn man sich mit Britt ein Zimmer teilte.

»Mach bitte auf, Britt, ich möchte auch in unser neues Zimmer!« Wie oft hatte sie an ihre gemeinsame Tür in der alten Wohnung geklopft? Manchmal hatte Britt erst nach einer Stunde aufgemacht oder nach zwei.

Aber irgendwann öffnete sich jede Tür. Das sagte Dickies Vater immer.

»*Unser* Zimmer ist gut gesagt!«, kreischte Britt jetzt von drinnen. »Diese Zeiten sind vorbei! Das ist mein Zimmer! Und nun stör mich bitte nicht länger!«

In diesem Moment trat Dickies Vater auf den Flur.

Er hob die Hände, streckte sich und machte Uahhgr, wie ein Bär. »Leute, ich habe einen Wolfshunger. Wie wäre es, Dickie, wenn du geschwind einkaufst und uns dann etwas Schönes kochst. Dir gefiel die Küche doch so gut! Und der glitzernde Herd.«

Er nickte ihr freundlich zu, und Dickie lächelte instinktiv zurück, so häufig kam es schließlich nicht vor, dass ihr Vater sie freundlich ansah.

»Außerdem«, fuhr Dickies Vater fort, »könnte ich in der Zeit schon unsere Sachen aus der alten Wohnung holen und auch schnell mein Zimmer einräumen. Und danach essen wir alle gemeinsam, was du uns gekocht hast! Ach, das wird schön!«
»Und wo kann ich schlafen?«, fragte Dickie kleinlaut.
Auch Fabiola sah gespannt auf Balthasar Zicke-

witz, der sich nun die langen Haare aus dem Gesicht strich.

»Also, gut«, sagte er dann. »Ich finde es zwar pädagogisch nicht sinnvoll, wenn Kinder wie du immer ihren Willen durchsetzen, und es ist auch gegenüber deinen Geschwistern wieder mal sehr ungerecht. Aber, weil heute ein besonderer Tag ist: Ich erlaube dir, in der Küche zu schlafen. Du kannst dir meinetwegen eine Decke vor den Herd legen. Dann kannst du die ganze Nacht lang sehen, wie schön er glitzert!«

Damit strich Balthasar Zickewitz seiner Tochter über die Haare und eilte aus dem Haus hinaus.

# 3. Kapitel

Das lasse ich mir nicht gefallen!« Dickies Stimme bebte vor Zorn. Sie selbst bebte. »Hier bleibe ich nicht!«

Fabiola sah sie erschrocken an. »Aber das Haus ist doch genau so, wie ihr es euch gewünscht habt! Allein schon das Cowboysofa im Wohnzimmer, das dein Vater unbedingt wollte!« Sie kicherte. »Das Sofa hat ein Geheimnis, aber das verrate ich noch nicht! Ist das nicht duftig?«

»Ja, und ich habe kein Zimmer«, presste Dickie

hervor. »Und Britt lässt mich nicht bei ihr schlafen. Hier bleibe ich nicht. Das Haus ist nicht groß genug für uns alle. Ich denke, dass es besser ist, wenn wir alle wieder in unsere alte Wohnung zurückgehen. Ich bin mir sicher, dass Paps das verstehen wird!« Sie schaute auf ihre Armbanduhr. »Im Übrigen muss ich Johannes bald zurückbringen. Er ist es gewohnt, pünktlich Abendbrot zu bekommen.« Johannes, der seinen Namen gehört hatte und der vermutlich schon ein Hungerknurren im Bauch spürte, war aufgestanden und watschelte näher.

Dickie hatte nicht sofort bemerkt, wie blass Fabiola geworden war. Nun aber konnte sie sehen, dass sie fast weiß im Gesicht war.

»In Ordnung«, sagte Fabiola. »Ich verrate dir etwas, es hilft ja nichts. Es gibt hier nämlich noch ein Zimmer. Es ist oben, im Turm. Es ist eigentlich, nun ja, es ist ... jedenfalls kannst du es dann meinetwegen haben!«

»Zu freundlich!« Dickie spürte, dass die Wut,

die sie in sich trug, einfach nicht abebben wollte. »Und wärst du dann so nett, mir das Zimmer noch geschwind zu zeigen?«
Wie seltsam, dass Dickie die kleine Treppe zuvor nicht gesehen hatte, die sich zwischen den Zimmertüren ihrer Geschwister nach oben wand.
»Moment noch!«, zischte Fabiola mit einer Stimme, die man einem so zarten und bleichen Mädchen gar nicht zugetraut hätte. »Warte hier einen Moment unten, bis ich dich rufe!«
Der Hund Johannes war während der ganzen Zeit geduldig mit ihnen von Zimmer zu Zimmer getrottet, hatte mal hier und mal dort geschnüffelt und auf jedem der bunten Teppiche kurz Probe gelegen. Jetzt aber schien er auch von einer seltsamen Unruhe ergriffen zu sein. Er hoppelte Fabiola hinterher, die steile Treppe hinauf. Dickie schloss genervt die Augen. Oben rumpelte es. Vielleicht musste Fabiola dort oben noch kurz Ordnung schaffen? Und war das Johannes, der kurz aufjaulte? Ob Fabiola

ihm mit ihren silbernen Flipflops auf die Pfote getreten war?
Dickie wartete und wartete. Dann ertönte endlich Fabiolas helle Stimme. »Du kannst jetzt *kommen!*«
Die Stufen waren schmal und die Treppe schraubte sich wie eine Schnecke immer und immer höher. Irgendwo auf dem Weg nach oben stand Fabiola und machte ein Überraschungsgesicht, während sie Dickie an sich vorbeiwedelte. Dickie stapfte und stapfte, höher und höher. Sie kam dabei sogar ein bisschen außer Atem. Wie hoch konnte so eine Treppe überhaupt sein? Dann endlich endete die Treppe auf einem winzigen Absatz vor einer kleinen alten Holztür. Aber die Tür ließ sich nicht öffnen. Das machte wohl sogar Fabiola nervös, denn plötzlich stand sie hinter Dickie und fuchtelte in der Luft herum, so als ob sie eine Fliege verscheuchen müsste, dazu murmelte sie etwas. Vielleicht war es: Hoffentlich gefällt Dickie dieses hübsche Mädchenzimmer!, dachte Dickie.

In diesem Moment ließ sich die Tür plötzlich doch öffnen und Dickie dachte gar nichts mehr. So ein Zimmer hatte Dickie Zickewitz, zehn Jahre alt, Schülerin, Sternzeichen Jungfrau, Hobbys: Lesen, Backen, Hundeausführen, noch nie gesehen. Das war gar kein Zimmer! Das war eine furchtbare dunkle Rumpelkammer auf einem Dachboden.

Durch einen der verrutschten Dachziegel sah ein weißer Vogel herein. Vermutlich hielt er nach den dicken Spinnen Ausschau, die unter

ihm baumelten wie auf Spielplatzschaukeln. An einer Seite des Raumes ragte ein riesiger alter Wandschrank empor. Das große Holzbett stand eingeknickt auf seinen Füßen, so als habe es entweder ein Hüftleiden oder als träume es von einer Karriere als Model. Die Kommode mit dem abblätternden schwarzen Anstrich hatte drei Schubladen: eine stand offen, eine fehlte und die dritte war kopfüber daneben ausgekippt. Als einzige Lichtquelle diente eine Glühbirne, die von der Decke herabhing und den Raum in ein flackerndes Licht tauchte.
Auch Fabiola sah sich etwas ratlos in dem Zimmer um. »Das ist hier doch ganz duftig, oder?«, murmelte sie unsicher. »Dir gefällt dein neues Zimmer doch gut?«
Dickie hatte sich erschöpft auf das Bett fallen lassen, nun stützte sie das Gesicht in die Handflächen. So fielen zumindest keine Tränen auf ihre Bluse. Ein Schluchzgeräusch machte sie beim Weinen meistens nicht. Dickie hatte es in der Kunst des geräuschlosen Weinens zu eini-

ger Meisterschaft gebracht. Und sie konnte sogar dabei sprechen. »Und du hast gesagt, ich kann ein Zimmer mit schönen Farben haben! Und ich hatte mich schon so sehr gefreut!«

Keine Antwort.

Warum sagte Fabiola nichts? Hatte sie ein schlechtes Gewissen? War Fabiola etwa stumm vor Scham?

Dickie öffnete die Augen. Keine Fabiola.

Es raschelte.

Kam das aus dem Schrank?

»Warum versteckst du dich? Sei doch nicht albern!« Dickie stand seufzend vom Bett auf. Sie kannte mehrere Leute, die sich gern versteckten, vor allem, wenn sie ein schlechtes Gewissen hatten. Britt zum Beispiel schloss sich oft im Bad ein, wenn sie Ärger mit Paps hatte, weil sie wieder einmal zu spät gekommen war. Der andere, der sich immer einschloss, war Udo. Er verbarrikadierte sich gern mal in seinem Zimmer, wenn er in der Schule eine schlechte Zensur gefangen hatte. Dann wollte er nur noch besonders laut Musik hören. Paps schloss sich in der Küche ein, wenn er seine Kinder angebrüllt hatte. Er rührte dann ganz alleine einen Kuchenteig und er aß ihn komplett aus der Schüssel, ohne Backen, ohne Löffel und ohne Benimm.

Aber irgendwann kamen sie alle immer wieder hervor und taten, als ob nichts gewesen sei.

Dickie stöhnte. Im Schrank war Fabiola jedenfalls nicht. Nicht hinter der rechten Tür und auch nicht hinter der linken Tür. Dort hing nur ein leerer Kleiderbügel. Das Scharren schien auch mehr aus dem Fach darüber zu kommen. Was war darin? Hüte? Oder ein paar Kartons mit gelesenen Liebesbriefen? Ganz bestimmt jedenfalls kein ausgewachsenes Mädchen. Das Geräusch war jetzt auch verstummt.

Dickie öffnete langsam die kleine Tür des oberen Faches, stellte sich auf Zehenspitzen und spähte hinein. Der Staub flirrte. Dickie würde sich noch sehr lange an diesen einen Augenblick erinnern, denn als sie das obere Fach des Wand-

schrankes öffnete, änderte sich plötzlich ihr ganzes Leben. Wurde es besser? Das kann man so wirklich nicht sagen. Aufregender wurde es! Und noch ein ganz kleines bisschen nerviger, als es ohnehin schon gewesen war.
Hinter der Schranktür verbarg sich eine kleine Wohnung, komplett mit Wohnzimmer und Schlafzimmer. Zuerst dachte Dickie, dass dort jemand ein altes Puppenhaus abgestellt hatte. Obwohl es doch seltsam war, dass das Puppenhaus so genau in das Fach passte, dass an den Seiten nirgendwo noch Platz war.
Komisches Puppenhaus außerdem. Vor allem die Möbel. Denn die Möbel sahen benutzt aus. Dickie hatte jahrelang selbst ein Puppenhaus gehabt. Und in ihrem hatte es auch ein Sofa und einen Sessel gegeben, aber benutzt hatten sie niemals ausgesehen, egal, wie oft Dickie damit spielte. In Dickies Puppenhaus waren das Sofa und der Sessel immer nur auf eine eigenartige Weise hart und fest gewesen. Neu und alt zugleich, wie eine Mumie. Dieses Sofa hier jedoch

war so *weich und so echt!* Es war aus rosa Plüsch. Und es *wurde* benutzt. In der Mitte des Polsters sah man noch den Abdruck eines winzigen Hinterns, die beiden rosa Fellkissen waren zerstrubbelt, als ob sie sich jemand zuvor in den Nacken gestopft hatte. Auf dem kleinen Couchtisch entdeckte Dickie den klebrigen Rand von einem Glas! Dickie tippte mit der Fingerspitze darauf und schnupperte daran. Roch das ganz zart nach Himbeere? Allerdings klebte der Rand nur ein wenig, da er ja so klein war. Aber er war ganz frisch.

Und was war das? Dickie kniff die Augen zusammen. Unter dem Tisch lag ein winziges glänzendes Etwas, kaum größer als ein toter Moskito. Das war zerknülltes, leer gefressenes, glitzerndes Papier von einem ganz kleinen Bonbon!

Im gleichen Augenblick sah Dickie die Puppe. Wie lächerlich, dachte Dickie. Die Puppe war genauso angezogen wie Fabiola. Das alberne rosafarbene Kleid. Sogar die wirren langen Haare sahen so ähnlich aus wie Fabiolas.

Da bemerkte Dickie plötzlich, wie sich Gänsehaut auf ihren Armen bildete. Sie starrte die Puppe an. Die Puppe starrte zurück. Dann klimperte die Puppe mit den Lidern und sagte: »Ich bin es, ich bin Fabiola! Erkennst du mich denn nicht? Du musst mich gar nicht so anglotzen! Was meinst du, wie gruselig das für mich aussieht, wenn ich im kleinen Feenmodus bin und plötzlich starren mich so riesige Augen an!«

»Fabiola!«, presste Dickie hervor. »Was ist mit dir passiert?« Oder ob gar etwas mit ihr, Dickie, geschehen war? Vielleicht war es ein Traum? Dickie kniff sich. Aua. Kein Traum. Oder war ihr der viele Dachbodenstaub in den Hals gekommen? Bekam sie deswegen schlecht Luft? Litt ihr Gehirn unter Sauerstoffmangel? Dickie hüstelte. Mit ihr war alles in Ordnung. »Bist du es wirklich, Fabiola?«

Fabiola nickte. Das war kaum zu sehen, denn Fabiola war nun ungefähr so groß wie eine der überschlanken Plastikpuppen, die Dickies Va-

ter nicht im Hause haben wollte. Daher hatte Dickie immer mit kleinen dicken Babypuppen spielen müssen, die in Abendkleidern oder hinter dem Steuer eines Cabrios sitzend absolut lächerlich gewirkt hatten. Kannte Dickie überhaupt diese Art von Puppen? Hatte sie jemals eine von denen aus der Nähe gesehen?
Ob Fabiola ihr deswegen jetzt so fremd erschien?
»Warum bist du plötzlich so klein?«
Fabiola, die bislang an der Tür zu ihrem winzigen Schlafzimmer gelehnt hatte, seufzte leise. Dann strich plötzlich ein kühler Lufthauch über Dickies Unterarme und im gleichen Augenblick rumste Fabiola in ihrer normalen Größe auf das schiefe Bett. Dickie fuhr herum.
»So kann man sich besser unterhalten, Dickie. Entschuldige bitte, aber wenn ich so klein bin und du so groß, dann siehst du einfach nur gruselig aus!«
»Na, danke!« Dickie stöhnte und ließ sich erschöpft auf den wackeligen Stuhl sinken. Wie es

aussah, war Fabiola jetzt wirklich wieder völlig normal groß. »Wer bist du?«
Fabiola gab ein Grunzen von sich, dann ahmte sie Dickies Tonfall nach. »*Wer bist du? Wer bist du?* Wie das klingt! Was glaubst du, wer ich bin? Ich bin eine Fee! Das siehst du doch.«
Dickie schüttelte langsam den Kopf. »Es gibt keine Feen!« In der Schule war Dickie zwar nicht besonders beliebt, aber sie war für ihren

scharfen Geist und ihre wenig romantische Art bekannt. »Feen sind Quatsch. Sie sind Gestalten aus Büchern«, versetzte Dickie. »Aus kitschigen Büchern!«

Fabiola starrte sie an. Ihre hellen Augen wurden noch heller. Das lag wohl daran, dass sie sich nun mit Tränen füllten.

»Das ist gemein!«

»Tut mir leid!«, murmelte Dickie sofort. »Ich wollte dich nicht verletzen!«

Fabiola nickte langsam. »Findest du etwa mein Kleid kitschig?«

Dickie schüttelte langsam den Kopf. »Ich würde so etwas nicht anziehen. Allein diese Farbe.« Sie überlegte. »Aber ich finde, du siehst ganz gut darin aus. Überhaupt als Fee.«

Aber damit gab sich Fabiola noch lange nicht zufrieden. »Oder findest du mein Feen-Appartement kitschig? Der rosa Sessel gefällt dir nicht, oder? Sag es ruhig!« Sie holte mit der Hand aus und schwang sie durchs Zimmer. »Vorher haben alle meine Sachen hier gestanden, bevor ich sie klein gezaubert habe, um für dich Platz zu machen!« Sie zog etwas Feenschleim in der Nase hoch. Das klang allerdings eher nach Frosch als nach Fee. »Das habe ich alles nur für dich getan!«

»Doch, dein rosa Sessel ist hübsch!«, entgegnete Dickie. »Ich wünschte, ich hätte auch so einen. In groß natürlich!«

»So einen kannst du aber nicht haben«, sagte Fabiola beleidigt, riss ein kleines rosa Taschentuch aus der Tasche ihres Kleides und tupfte sich damit über die Augenwinkel. »Es ist ein Feensessel. Nur für Feen. Und jetzt entschuldige mich bitte. Ich muss meine Feen-Gymnastik machen. Wedeln, Wabern und Wehen für Anfänger. Es ist gut für Bauch, Beine, Po. Man macht es als Fee jeden Abend bei Einbruch der Dunkelheit, falls dich das überhaupt interessiert. Wenn du willst, können wir ja später noch etwas reden.« Sie lächelte Dickie verkniffen zu. »Ich lasse heute Nacht meine Schranktür da oben etwas auf, dann können wir noch etwas plaudern, wenn wir beide im Bett liegen. Ich da oben und du da unten!«

»Hier schlafe ich aber nicht!«, entgegnete Dickie schnell. »Das ist gar kein richtiges Zimmer. Es ist ein Dachboden, sonst nichts! Die Möbel gehören auf den Sperrmüll. Und überall sind Spinnen.«

»Entzückend, oder? Möchtest du, dass ich die Spinnen rosa zaubere? Ich kann auch Silber, wenn du möchtest!« Fabiola lächelte freundlich. Und etwas abwesend, fand Dickie. Da machte es plötzlich PLOPP und Fabiola war verschwunden. Nur ein kleiner Hauch von ihrem Himbeerparfüm lag noch in der Luft.

Dickie seufzte. Es half nichts. Sie musste ihre Probleme in der auftretenden Reihenfolge lösen. Das war klug. Dann würde sie also erst einmal Johannes nach Hause bringen, dann einkaufen und ihre Sachen aus der alten Wohnung holen, danach noch für die Familie kochen. Nachdem sie die Küche aufgeräumt hätte, könnte sie ihre Schularbeiten machen, zwei Seiten Vokabeln und eine Beschreibung von Kelly. Das war keine Handtasche, sondern der Name des Jungen, der in der Schule neben ihr saß. Kelly Schröter zu beschreiben, war leicht. Es kam nicht sehr darauf an. Kelly war ungefähr genauso unbeliebt wie sie selbst. Wenn sie dann irgendwann all ihre Arbeit fertig hätte, würde sie ins Bett fallen wie ein Stein, da war Dickie sich ganz sicher. Sie sah sich schon auf dem Rücken liegen, die Augen fest geschlossen und die Arme vor der Brust gekreuzt. Einfach schlafen. Wie Tutenchamun. Dann wäre es ihr vermutlich egal, ob sie auf einem Dachboden lag oder im Bett einer Prinzessin und ob eine schwarze oder eine rosafarbene Spinne die Decke entlangkrabbelte.

»Johannes!«, flötete Dickie. »Mein Süßer! Komm schnell. Du musst nach Hause. Frauchen wartet bestimmt schon mit dem Abendbrot auf dich!«

Nicht, dass Dickie eine Antwort erwartet hätte. Und *mein Süßer* sagte sie sonst auch nur zu ihm, wenn sie ihn ärgern wollte. Was war nur mit ihr los? Er konnte doch nichts dafür. Gleich würde sie hören, wie seine Pfoten auf den Holzdielen tippelten. Oder er könnte von irgendwoher bellen. Oder knurren, weil er nicht mitwollte. Johannes indes machte gar kein Geräusch. Es herrschte tiefe Stille. Er war verschwunden. Nur irgendwo in einem Winkel piepste eine Maus.

# 4. Kapitel

Frau Senfkorn wohnte in einer Gegend, in der es fast keine Kinder gab, aber viele Leute, die nicht viel größer waren als Kinder. Wenn sich die Bewohner an sonnigen Vormittagen alle an der kleinen Wiese in der Mitte der Siedlung trafen, um dort ihre Hunde herumtollen zu lassen, konnte Dickie leicht erraten, wer zu welchem Tier gehörte, denn viele der alten Leute hatten sich Hunde zugelegt, die so aussahen wie sie selbst. So verhielt es sich auch mit Frau Senfkorn und mit ihrem Hund Johannes. Frau Senfkorn, sogar hier eine der kleinsten, war drahtig, rund und flott, und sie hatte kurze dunkelgraue Haare, die immer ein wenig vom Kopf abstanden. Von ihren dunkel glänzenden Augen sah man eigentlich nie das Weiße, so sehr kniff sie sie zusammen. Vielleicht auch besser so. Von Johannes' dunklen Augen nämlich sah man auch nur dann das Weiße, wenn er sich aufregte. Frau Senfkorn war genauso unberechenbar wie ihr Hund.

Als Dickie den Finger auf die Türklingel von Frau Senfkorn setzte, hatte sie das Gefühl, dass ihr Herz immer kleiner wurde, passend zu den vielen kleinen alten Leuten hier. Vielleicht hatte Johannes ja doch alleine den Weg zu seinem Frauchen gefunden? Würde er so etwas schaffen? Diese Hoffnung war so winzig wie ein Krümel.

Noch während der Dreiklang des Türgongs in den Weiten der Wohnung verhallte, riss Frau Senfkorn die Tür auf. Sie trug einen Bademantel und um den Kopf einen Handtuchturban, und sie hatte das Gesicht zu einem breiten Grinsen verzogen. Das Grinsen war auf Dickies Schuhe gerichtet. Eigentlich sollte in dem Bereich jetzt Johannes sitzen und hecheln. Hicha, hicha. Frau Senfkorn fand, dass er dann immer aussah, als ob er lache. Dann wurde sie auch fröhlich, und Dickie bekam eine Münze.

Heute aber versteinerte das Lachen von Frau Senfkorn sofort. Sie machte einen Schritt auf Dickie zu, sodass sich ihre Nasenspitzen fast berührten. »Wo ist er?«, bellte Frau Senfkorn. Konnte es wirklich sein, dass sie bei diesem Satz auch ein ganz kleines bisschen knurrte? Und bildete sich Dickie den Geruch von nassem Hund nur ein? Frau Senfkorn sah nicht mehr gut, deswegen machte sie nun einen Schritt auf Dickie zu. Schnüffelte sie etwa?

Dickie bebte vor Angst. »Es tut mir sehr leid. Er ist, ich meine, er war . . .!«

Die Augen von Frau Senfkorn rollten im Kopf hin und her, sodass man nun doch das Weiße

sah. Leider, dachte Dickie mit dem letzten Rest ihrer Kraft. Frau Senfkorn bleckte die Zähne. »Ich habe dich etwas gefragt!«, blaffte sie.
»Guten Abend, Frau Senfkorn«, sagte da eine leise Stimme. Himbeergeruch. Dickie schoss herum.
»Ich bin Fabiola, Dickies beste Freundin«, säuselte Fabiola. »Wir sind nur gekommen, um Sie etwas zu fragen. Wir möchten Johannes heute noch nicht zurückbringen . . . Wir wollten ihn nämlich für heute Nacht zu einer Pyjamaparty einladen!« Fabiola sah Dickie Beifall heischend an.
Dickie hatte das Gefühl, zu Eis zu erstarren. Fabiola trug immer noch ihr Sommerkleid mit den Herzchen. Allerdings sah es nicht mehr sehr sauber aus. Überall klebten Blättchen und kleine Federn. Was hatte sie damit gemacht? Sie war doch nicht etwa geflogen? »Was soll das?«, zischte Dickie.
»Halt den Mund, ich will nur Zeit gewinnen!«, zischte Fabiola zurück.

Frau Senfkorn hatte einen Schritt zurück in ihr Haus gemacht und musterte Fabiola. Zum Glück war es mit ihrem Gehör wohl nicht mehr weit her.

»Pyjamaparty? Was soll das sein?«

Fabiola setzte ihr strahlendes Lächeln auf. »Oh, da schlafen wir in einem Raum und erzählen uns noch lange Geschichten. Oder wir naschen etwas Schokolade und kichern. Johannes bekäme natürlich Hundeschokolade. Eine Pyjamaparty ist gut für Kinder und für Hunde. Sie macht einen sehr fröhlich.« Fabiola stieß Dickie in die Seite. Ihr Ellenbogen war überirdisch spitz, fast fühlte es sich an, als ob Dickie mit einer Stricknadel gepikt wurde. »Kannst du nicht auch mal was sagen?«

»Sie können übrigens auch sehr gern bei uns anrufen und Johannes eine gute Nacht wünschen oder so«, beeilte Dickie sich. Dann biss sie sich auf die Lippen. »Haben wir überhaupt schon Telefon?«

»Klar haben wir das, ich meine, ihr habt natürlich Telefon in eurem neuen Haus. Die Nummer ist viermal die Sieben, ganz einfach.«

»Komische Nummer.« Frau Senfkorn nickte langsam. »Aber wenn das so ist, dann wartet bitte einen Augenblick, ihr Mädchen. Ich hole nur geschwind einen Pyjama für Johannes und sein Übernachtungstäschchen, sein Kuscheltier, seine Schlafdecke, sein Rückenkissen, sein Kopfkissen und seine Schlafbrille, seine Unterlegedecke, sein Sommerdeckchen, seinen Wassernapf, seinen Fressnapf und seine Müslischale, seine Hundebonbons, die Fellbürste, die Ohrenreiniger, sein leuchtendes Nachtlichthalsband und seine Hundewärmflasche!« Schon schoss sie ins Innere des Hauses zurück.

»Aber am Abend nicht so lange das Licht anlassen!«, kläffte ihre tiefe Stimme von irgendwoher.

»Und denken Sie bitte an seine Hundezahnbürste!«, säuselte Fabiola. »Und sollte er nicht ein Körbchen mitnehmen, für alle Fälle?«

»Bist du verrückt? Wir haben sowieso schon so

viel zu tragen!«, keifte Dickie. »Außerdem weiß ich ja nicht einmal, ob wir Johannes wirklich wiederfinden. Vielleicht sollten wir besser zur Polizei gehen?«

Fabiola schüttelte den Kopf. »Ach, Unsinn. Mir wird es schon gelingen, ihn ... wie soll ich sagen, ihn wiederzufinden!« Sie legte den Finger auf die Lippen. »Und jetzt kein Wort mehr über die vielen Sachen, die Johannes gehören. Je mehr, desto besser. Ich, äh, ich brauche sie alle!«

»Wer Äh sagt, der hat etwas zu verbergen«, entgegnete Dickie und fuchtelte mit einem Arm zu Frau Senfkorn. »Oder er lügt!« Das Fuchteln hieß, *nun ist es aber genug.* »Äh sagen ist außerdem nur was für Doofe! Die eigentlich nicht wissen, was sie sagen sollen!«

»Echt kein Wunder, dass du keine Freundin hast!«, entgegnete Fabiola, und ihre Stimme klang richtig fies. Komisch war nur, dass die fiese Stimme von weit weg zu kommen schien. Sie selbst indes war überhaupt nicht mehr zu sehen. Dickie reckte den Hals. Aber Fabiola war weg.

»Fabiola, komm zurück und hilf mir tragen!«

Keine Antwort.

»Fa-bi-o-la!« Dickies Stimme gellte jetzt so laut und so verzweifelt, dass einige der alten Leute auf der Hundewiese interessiert in ihre Richtung schauten.

Aber Fabiola kam nicht wieder.

So blieb Dickie nichts anderes übrig, als auf der Türschwelle zu stehen und mit anzusehen, wie

Frau Senfkorn mehr und mehr Decken und Taschen herbeischleppte.
Als Dickie sich endlich von Frau Senfkorn verabschiedet hatte, war sie so schwer beladen, dass sie kaum noch den Weg sehen konnte. Wie sollte sie jetzt auch noch für das Abendessen einkaufen? Und wie sollte sie ihre Sachen aus der alten Wohnung holen? Dickie beschloss, sich erst einmal auf das Wesentliche zu konzentrieren. Und das war: mit all dem Gepäck nach Hause zu kommen. Hatte nicht Fabiola erwähnt, dass sie auch zaubern könne? Könnte sie dann vielleicht auch ein paar Lebensmittel herbeizaubern? Bedeutete das, dass Dickie vielleicht doch nicht einkaufen musste? Oder gab es überhaupt keine Feen? Dickie grübelte und grübelte.
Sie kam nur langsam voran an diesem späten Sommertag. Der Himmel spannte sich über ihr wie ein großer grauer Schirm und die vielen Dinge, die Johannes gehörten, wurden schwerer und schwerer. Sie schleppte sich mit ihrem

vielen Gepäck dahin, so wie man es nur kann, wenn das Zuhause lockt. Das neue Zuhause! Wie schnell sie sich an den Gedanken gewöhnt hatte, dass ihre Familie nun dort wohnte. Endlich schimmerte das große weiße Haus zwischen den Bäumen.

Balthasar Zickewitz stand auf den Stufen der Freitreppe. »Frau Senfkorn hat eben angerufen. Sie wollte nur einmal die Stimme von ihrem Hund hören! Wir konnten ihn aber nicht finden. Und dann hat sie noch was von einer Pyjamaparty gesagt, zu der der Hund angeblich eingeladen ist. Hunde haben keine Pyjamas. Was soll der Unsinn?« Balthasar Zickewitz musterte Dickie streng. »Und wer ist außer dem Hund sonst noch eingeladen? Du hast doch überhaupt keine Freundinnen! Oder bleibt Fabiola hier?«

Dickie fühlte einen Stich. Sie ließ langsam den Hundekorb zu Boden und streifte die Tasche mit dem vielen Hundespielzeug ab. Ihre Schultern waren zum Glück schon völlig taub. So

konnten sie jedenfalls nicht mehr wehtun. »Hast du Johannes denn gesehen?«
Balthasar Zickewitz schüttelte langsam den Kopf. »Nein. Ich glaube, ich habe ihn überhaupt noch nie gesehen. Aber Frau Senfkorn hat gesagt, dass sie heute Abend noch einen Anruf von ihm erwartet. Sie ist nur beruhigt, wenn er vielleicht einmal ins Telefon bellen könnte.«
Dickie nickte erschöpft. »Ich werde ihn suchen!«
Balthasar Zickewitz wackelte mit dem Kopf, bevor er ins Haus zurückging. »Wann gibt es eigentlich Abendessen? Deine Geschwister haben Hunger!«
Im Wohnzimmer saßen bereits Udo und Britt. Und Fabiola! Sie hockten einträchtig auf dem neuen Cowboysofa. Seltsam nur, dass der Fernseher nicht lief. Britt trug ein neues T-Shirt mit einem goldenen Aufdruck und einen neuen kurzen Rock in Regenbogenfarben. An ihren Füßen schimmerten neue silberne Sandaletten. Britt wippte mit den Füßen. »Glotz nicht so.

Fabiola hat mir ein paar Sachen von sich gegeben, die ihr nicht mehr passen! Ich kann sie behalten.« Britt wollte gern böse gucken, das sah Dickie, aber dazu musste sie zu sehr grinsen. Ihre neue Sachen sahen auch wirklich schön aus.

»Also, Leute, Britt und ich stehen jetzt auf. Udo fängt an.«

Dickie sah, wie sich ihre Schwester schwerfällig vom Sofa erhob und dabei eine pinkfarbene Kaugummiblase zerplatzen ließ. Fabiola hatte sich bei ihr untergehakt. Drückte Britt sie jetzt sogar etwas an sich? Dickie hatte noch niemals gesehen, dass Britt zu irgendjemandem derartig freundlich war. Offenbar konnte sie überhaupt nicht mehr aufhören zu lächeln. Udo saß jetzt allein und völlig gerade auf dem Sofa. Dickie kannte ihn sonst nur liegend auf Sofas.

»Bist du bereit?«, rief Fabiola.

»Jepp!«, machte Udo und da ging es auch schon los. Das Sofa begann zu zittern, dann hob es sich auf einer Seite hoch und krachte im selben

Moment wieder herunter. Dickie musste sich konzentrieren, um nicht mit offenem Mund dazustehen. Das Sofa bockte auf und ab wie ein wilder Stier. Es hob sich immer höher vom Boden und krachte immer tiefer hinab. Mal ging der vordere Teil hoch, dann der hintere, während sich die Mitte nach unten knickte. Die Kissen quetschten sich aneinander und offenbar war es ein verborgener Mechanismus, der Udo halbmeterhoch in die Luft schleuderte. Udo juchzte.

»Willst du mehr?« Fabiola kicherte. Schon wackelte das Sofa, als ob ein Erdbeben das Haus erschütterte. Udo krallte sich mit beiden Händen in die Polster, er lachte und schrie zugleich. Jetzt lag er wirklich auf dem Sofa und hielt sich mit aller Kraft fest. Da verlor er plötzlich den Halt und kullerte auf den Boden. Er strahlte.

»Ich habe leider keine Uhr. Aber sieben Sekunden, würde ich mal sagen, das ist nicht schlecht für den Anfang«, stellte Fabiola fest. »Mal sehen, was die anderen können.«

»Jetzt bin ich dran!«, schrie Britt.

»Und dann will ich noch mal«, grölte Udo.

»Aber dann komme ich!«, rief Dickies Vater. »Holla! So ein echtes Cowboysofa war schon immer mein Traum!«

Dickie hatte das Gepäck von Johannes mitten im Wohnzimmer abgestellt. »Das möchte ich auch gern mal versuchen«, sagte sie leise.

»Und was ist mit dem Abendessen?«, brummte Dickies Vater. »Musst du nicht noch einkaufen gehen? Erst die Arbeit und dann das Spiel.« Er schien den traurigen Blick seiner Tochter zu bemerken. »Ich würde dich ja schnell mit dem Auto hinfahren, aber das hier ist für mich auch beruflich wichtig. Ich könnte schließlich mal einen Sessel erfinden, der so bockt wie das Sofa. Und Stühle. Betten!« Er war ganz außer sich und trat unruhig von einem Fuß auf den anderen, bis er endlich an die Reihe kam.

»Einkaufen!«, japste Dickie. »Geschäfte machen gleich zu.« Sie war so außer Atem, dass sie nicht einmal mehr wütend auf Fabiola war.

Fabiola zog gelangweilt die Schultern hoch und gab ihr das Kaninchen wieder in die Hand. »Was brauchst du? Ein paar Säcke Kartoffeln? In der Feenschule haben wir gelernt, dass Menschen immer Kartoffeln essen!«

Dickie schüttelte mit letzter Kraft den Kopf. »Fleischklopse. Für Britt. Milch. Für Udo. Wurst. Und Pudding. Für Papa.«

Fabiola lächelte fein. »Na, gut. Ich helfe dir. Komm mit in die Küche. Es ist schon alles da.« Damit schwebte sie an Dickie vorbei und war

einen Augenblick später verschwunden. Nur etwas Himbeerduft hing noch in der Luft.
Wie Fabiola gesagt hatte, stand tatsächlich die ganze Küche voller Lebensmittel. Brotlaibe und Käsestücke türmten sich auf der Anrichte, daneben stapelten sich Milchtüten und Müslipackungen. Es gab eine ganze Kiste voller Gemüse und Salate, einen seltsamen Karton mit der Aufschrift »Fleischklopse für junge Mädchen«, einen ganzen Korb voller Puddingbecher mit der Aufschrift »Pudding für Papas«, eine Kiste mit Tüten, auf denen »Computermilch« stand. Auf dem Küchenboden lehnte ein riesiger Sack Kartoffeln. Dickie beeilte sich, alles in den Schränken zu verstauen. Fabiola hockte hoch oben auf dem Kühlschrank und baumelte mit den Beinen.
»Ich decke gleich schnell den Tisch«, schnaufte Dickie und riss zwei Stückchen Käse aus einer Schachtel. »Und dann muss ich Johannes suchen.« Sie zögerte. »Nett von dir, dass du das mit der Pyjamaparty zu seinem Frauchen gesagt

hast. Damit gewinnen wir etwas Zeit! Vielleicht hat Johannes sich ja nur im Garten verlaufen.«

Konnte das sein? Konnten Hunde sich im Garten verlaufen? Es war überhaupt merkwürdig, dass Johannes sich selbstständig gemacht hatte. Wo er zuvor doch Fabiola gefolgt war wie ein Sklave. Oder ob sie ihn weggejagt hatte?

»Kannst *du* Johannes denn nicht finden?«

Fabiola antwortete nicht. Sie zog nur ihre Stirn in Falten. Ihr Blick war seltsam ins Leere gerichtet, das sich offenbar direkt auf dem Fußboden befand. Dickie folgte ihrem Blick. Da lag ja der Deckel der Käseschachtel. Es war eine kleine Käseschachtel, in der ein ganz kleiner Käse gewesen war, und Dickie hatte ihn mit fliegenden Fingern auf einen Teller gelegt. Sie wollte sich schon nach dem Deckel bücken. Da spürte Dickie, wie sich Gänsehaut auf ihren Armen bildete. Der Deckel bewegte sich auf dem Küchenboden. Er steuerte zunächst schnurgerade auf den Küchenschrank zu, machte dann eine Kurve und verschwand einen Augenblick später darunter. Und das seltsame Geräusch? Wiff, wiff? Dickie kannte nichts und niemanden, der Wiff, wiff machte. Da sah Dickie den Schnipsel der Obsttüte, die ihr eben heruntergefallen war. Der Schnipsel schoss dem Deckel hinterher. Zögerte einen Moment und verschwand ebenfalls unter dem Küchenschrank. Und die seltsame schwarze Kordel, die unter dem Schnipsel hervorgeschaut hatte? Dickies Gänsehaut war jetzt so kratzig wie Schmirgelpapier. »Hast du das gesehen?«

Fabiola hüpfte vom Kühlschrank herunter. »Nein«, sagte sie. »Ich habe nichts gesehen. Absolut überhaupt gar nichts!« Dann wedelte sie mit dem Armen. Es machte Plopp und im gleichen Augenblick war sie verschwunden.

Dickie stand da und starrte auf den Küchenboden. Vielleicht war das nur der Wind gewesen? Aber hier gab es keinen Wind, nicht das kleinste bisschen. Nicht einmal draußen war es heute windig. In diesem Haus wehte es so wenig wie in einer Pralinenschachtel, nämlich gar nicht.

Eine der Eigenschaften, um derentwillen Dickie Zickewitz von den Mädchen in der Schule eigenartig gefunden wurde, war, dass sie den Dingen immer auf den Grund ging, das wusste sie selbst. Ein Mädchen hatte ein neues weißes T-Shirt mit einem silbernen Aufdruck an? Dann sagte Dickie, dass das ja wohl gar kein echtes Silber sein könne. Ein Junge hatte einen Zaubertrick einstudiert? Dickie las in der Bibliothek alles über Zaubertricks und erklärte der ganzen Klasse am nächsten Tag, wie der Trick funktioniert hatte. Dickie sah sich plötzlich selbst vor sich. War sie so neugierig? Wollte sie immer genau wissen, was geschehen war? Und was machte ein Mädchen wie Dickie, wenn vor ihren Augen ein Pappdeckel und ein Schnipsel mit einem schwarzen Schwänzchen unter ihrem Küchenschrank verschwanden? Sie biss sich auf die Lippen. Dann ließ sie sich langsam auf die Knie herunter und spähte vorsichtig unter den Schrank. Aber was sie da sah, war viel gruseliger, als sie befürchtet hatte. Sie sah: NICHTS. Der graue Fliesenboden war leer und sauber wie frisch gewischt. Kein Deckel. Kein Schnipsel. Nur hinten an der Fußleiste war ein runder schwarzer Fleck. Oder es war ein Mauseloch.

»Typisch!«, sagte in dem Moment eine tiefe Stimme hinter ihr, die sie sofort als die ihres Vaters erkannte. »Deine Geschwister leiden Hunger und warten aufs Abendessen und du rutschst auf dem Boden herum und spielst irgendetwas!« Er schien wirklich ärgerlich zu sein. »Und das, wo wir deine neue Freundin zum Abendessen eingeladen haben. Was soll denn Fabiola von uns denken? Und wo ist sie überhaupt?«

Dickie schielte zur Seite und sah neben sich die Füße von Britt. Ihre Fußnägel waren jetzt auch silbern lackiert, so wie die von Fabiola. Und waren das nicht schon wieder neue Sandaletten? In Gold?

»Ist doch klar«, sagte Britt, soweit man das verstehen konnte, denn sie kaute offenbar ein Kaugummi. »Dickie hat Fabiola vergrault. Sie vergrault alle Mädchen. Dickie ist eine dumme Pute!«

# 5. Kapitel

Als Dickie an diesem Abend ins Bett plumpste, war sie so müde wie nie zuvor. Das Abendessen war immerhin erträglich gewesen, vor allem, da niemand sie geärgert hatte. Natürlich war Fabiola pünktlich zum Essen wieder aufgetaucht. Britt konnte gar nicht aufhören, ihr bewundernde Blicke zuzuwerfen. Und Udo hatte während des gesamten Essens einen Kopf so rot wie eine Himbeere. Alle mampften friedlich vor sich hin und lauschten dabei Fabiola, die zwar selbst keinen Bissen anrührte, die aber sehr lustig von dem Haus erzählte, in dem die Familie Zickewitz nun wohnte. Manche Leute hatten gesagt, dass es hier spuke, aber das sei natürlich Unsinn. Dickie stöhnte. Sie mochte gar nicht an den wandernden Käsedeckel denken.

Britt kicherte. Udo lachte etwas zu laut, dabei wurde sein Kopf noch röter.

»Und du wohnst hier in der Nachbarschaft?«, hatte Dickies Vater Fabiola gefragt. Auch er war bester Laune. Aber Fabiola hatte auf die Frage nur lieblich gelächelt.

Dickie selbst hatte fast nichts herunterbekommen. Sie musste an Johannes denken. Nicht, dass der kleine graue Hund besonders an ihr gehangen hätte oder sie an ihm, aber dass er nun verschwunden war, schlug ihr auf die Stimmung. Er war immerhin ihre einzige Einnahmequelle. Und war er nicht auch auf seine Weise niedlich? Zudem hatte Frau Senfkorn ihn ihr anvertraut. Und sie, Dickie, hatte ihn entkommen lassen. Was sollte sie nur tun? Vielleicht sollte sie abermals den Weg zu Frau Senfkorn abgehen? Oder noch einmal den Garten absuchen? Sollte sie die ganze Nachtlang suchen? Ob Johannes vielleicht entführt worden war? Er war ein hübscher kleiner Hund, der sicherlich manchem gefallen würde. Oder ob Fabiola doch mehr über sein Verschwinden wusste, als sie zugab? Dickie grübelte und grübelte, und ihr Kopf wurde davon immer schwerer. Sogar, als sie später am Tisch im Wohnzimmer noch die restlichen Schularbeiten machte, grübelte sie weiter. Sie konnte das seit Langem: eine Sache tun und dabei an eine andere denken. So geriet allerdings ihr Mitschüler Kelly Schröter, den sie beschreiben musste, viel netter, als er in Wirklichkeit war. Hatte er in ihrem Text nicht sogar Züge von Johannes, dem Hund? Diese treuen dunklen Augen? Dickie seufzte. Als sie endlich mit all ihren Aufgaben fertig war und ihren Schlafanzug angezogen hatte, war sie fast zu müde, um noch die schmale Treppe in die Dachkammer hinaufklettern zu können.

Dickie hielt ihre Taschenlampe fest in der

Hand. Sie war sich nicht sicher, ob sie wirklich noch funktionierte, aber zumindest fühlte sie sich sicherer, wenn sie sie dabeihatte. Im Haus war alles ruhig.

Die baumelnde Glühbirne an der Decke spendete ein flackerndes trübes Licht. Durch den losen Dachziegel fächelte ein kühler Wind in den Raum.

Dickie legte sich vorsichtig in das alte Bett, das mit einem Knarren antwortete. Im gleichen Augenblick zischte es, dann verlosch das Deckenlicht. Vielleicht auch besser so. Es war gut, dass sie so müde war. Ihre Lider wurden schwerer und schwerer. Gab die weiche Matratze unter ihr nach, oder versank sie in einen bodenlosen Schlaf?

»Psst . . .! Bist du noch wach? Soll ich das Licht wieder anmachen?« Die Stimme kam von irgendwo hoch oben.

Dickie bemühte sich, ihre schweren Lider zu öffnen. Gerade eben hatte sie geträumt, dass die Mädchen in der Schule einen Kreis um sie bildeten und sie nicht wieder heraus ließen. Kein besonders schöner Traum, aber immerhin noch behaglicher, als in diesem Raum hier wach zu sein. Aus dem oberen Fach des Schrankes drang ein schwacher pinkfarbener Lichtschein. Jetzt schwangen beide Türen des Faches auf. Dickie blinzelte. Fabiola war wieder klein wie eine Puppe. Sie lag auf dem Bauch in ihrem rosa Himmelbettchen und wippte mit den Füßen, die in goldenen Schlafpantöffelchen steckten. »Hattest du eigentlich schon mal einen Freund?«

»Was?« Dickie schreckte hoch und hätte sich fast den Kopf an einem der niederen Balken gestoßen. »Wie kommst du denn *darauf*? Ich bin zehn Jahre alt!«

Fabiola kicherte. »Na und? Ich bin *dreihundertzehn* Jahre alt und hatte auch noch keinen. Aber ich kenne da einen Jungen, der ist soo süß. Stell dir vor, wie ich ihn kennengelernt habe, das war nämlich so . . .«

»Fabiola, bitte lass mich schlafen. Wenn ich nicht sofort weiterschlafe, dann werde ich viel-

leicht wieder wach. Und wenn ich wach bin, dann halte ich es hier nicht aus!« Kitzelte da nicht etwas an ihrer Nase? Sie wischte mit der Hand darüber. Dann tastete sie nach ihrer Taschenlampe und knipste sie an. Huh, im Kegel des trüben Lichtes sah die Dachkammer noch ungemütlicher aus als zuvor. Dickie knipste das Licht wieder aus, hielt die Taschenlampe aber in der Hand. Und war nicht das alte graue Kissen verklumpt? Sie setzte sich im Bett auf, schüttelte es, so gut das ging, zurecht und stopfte es sich wieder unter den Kopf. War es unter der alten

Decke nicht viel zu warm? Dickie streckte ein Bein aus und versuchte, die Decke mit Schwung zu wenden. Als sie endlich mit nicht kitzelnder Nase, nicht verklumptem Kopfkissen und gewendeter Decke auf dem Rücken lag, schien ein fahler Mond durch den losen Dachziegel. Und Dickie Zickewitz war so wach wie schon lange nicht mehr. »Jetzt hast du es geschafft! Jetzt bin ich wach!«

Doch nun gab Fabiola keine Antwort mehr. Wie es aussah, hatte sie sich in ihrem Himmelbett auf den Rücken gedreht und streckte nun alle viere von sich. Und was lag auf ihrem kleinen Gesicht? Das war doch nicht etwa eine Schlafmaske in Form eines goldenen Schmetterlings?

»Hey!«, rief Dickie. »Ich kann nicht mehr einschlafen!«

Anstelle einer Antwort hörte man nur ein leises Kichern.

Dickie seufzte. »Dann erzähl mir eben von dem Jungen!«

Schweigen.

Und als ob das nicht genug war, wechselte jetzt das Licht in Fabiolas Feen-Appartement von Rosa auf Lila und kurz darauf von Lila auf Grün. Richtig gespenstisch sah das aus. Dann verlosch es ganz.
Dazu hörte man jetzt auch noch ein leises Schnarchgeräusch.
»Fabiola! Du schnarchst!« Na gut, es war nicht sehr laut, aber man hörte es doch, zumal es in dem dunklen Raum sonst nichts und niemanden gab, worüber man gern nachdenken wollte.
»Fabiola!« Keine Antwort. Kleines Schnarchen. Pitchipü, pitchipü.
Dickie lauschte. Das Schnarchen kam nicht aus dem Schrank. Das Schnarchen kam von unter dem Bett. Unvorstellbar, dass Fabiola sich dort zur Ruhe gebettet hatte. Wie war das noch? Dickie ging den Dingen immer auf den Grund? Die Taschenlampe in ihrer Hand, drehte sie sich vorsichtig auf die Seite und spähte über den Rand. Das kleine Licht in ihrer Hand flackerte. Unter dem Bett lag erwar-

tungsgemäß eine Menge Staub. Eine der Dielen war lose.
Etwas glitzerte. Das Hundehalsband von Johannes, komplett mit Herzchen und goldener Hundemarke! Es war immer noch fest verschlossen. Nur der Hundehals steckte nicht mehr darin. Dickie hatte Johannes das Halsband am Nachmittag selbst angelegt. Fest, aber nicht zu fest. Es war ausgeschlossen, dass er es sich selbst abgestreift hatte. Dazu war sein Kopf viel zu dick.
Sie spürte, wie ihr Herz schneller klopfte. Es machte jetzt sogar richtig Lärm. Trotzdem konnte sie das Schnarchen noch hören. Dickie ließ den Lichtstrahl weiter unter dem Bett entlangstreifen. Da waren die schiefen Beine des Bettes. Von oben hing eine Bettfeder herab.
Da bewegte sich doch etwas! Direkt unter der Bettfeder lag ein winziger grauer Hund. Er war nicht viel größer als eine Praline. Er lag gemütlich auf einer Staubflocke. Und schlief! Sein kleiner runder Bauch hob und senkte sich. Man

konnte sogar die hellgrauen Löckchen an seinem Hals erkennen. Die winzigen Ohren waren nicht größer als Linsen. Dickie kniff die Augen zusammen. Es gab keinen Zweifel. Das kleine Wesen sah genauso aus wie Johannes! Es war Johannes! Und neben ihm lag eine kleine schwarze Katze. Sie war ebenfalls nicht größer als eine Praline, und zwar eine Zartbitterpraline. Sie hatte sich eng an den winzigen Johannes gekauert und sie schlief ebenfalls. Dabei schnarchte sie, dass es nur so eine Art hatte. Pitchipü, pitchipü.

Dickie rollte sich ins Bett zurück und starrte ins Dunkel. Dann knipste sie die Taschenlampe erneut an und leuchtete abermals unter das Bett. Johannes und die winzige Katze schliefen ungerührt weiter.

»Fabiola!« Dickies Schrei war so laut, dass es in ihrem Hals kitzelte.

»Ja, bitte?« In Fabiolas Feen-Appartement oben im Schrank ging eine kleine goldene Nachttischlampe an. Fabiola selbst hatte sich im Bett aufgesetzt und die Schlafmaske in die Stirn geschoben. »Was möchtest du, meine Liebe? Vielleicht doch noch etwas plaudern?« Sogar bei der schwachen Beleuchtung konnte man sehen, dass Fabiolas Gesicht ganz rot war. »Ich könnte dir eine tolle Geschichte erzählen! Oder ich zaubere dir einen riesigen Eisbecher mit Goldstaub, wie wäre das? Du magst doch riesige Eisbecher mit Goldstaub?« Fabiolas Stimme zitterte ein wenig. »Oder ich zaubere dir etwas anderes! Wie wäre es mit einem rosa Sessel, so wie ich ihn habe? Moment, ich muss mich konzentrieren, Ruhe bitte!« Jetzt zog sie sogar die Decke über ihren Kopf.

»Was hast du mit Johannes gemacht? Und was ist das für eine kleine Katze?«

Fabiola hockte immer noch unter ihrer Bettdecke, wie ein kleiner bebender Knubbel.

»Fabiola! Ich habe dich etwas gefragt!« Dickie spürte selbst, wie ihre Stimme kreischte. »Komm sofort unter der Decke raus!«

Die winzige Bettdecke mit dem Rosenmuster

senkte sich ein wenig. »Hast du was gesagt, meine Liebe?«
»Das hast du genau verstanden«, zischte Dickie. »Und hör auf, mich dauernd meine Liebe zu nennen!«
In diesem Moment flackerte das Licht, dann krachte es gewaltig und im gleichen Augenblick landete Fabiola in ganzer Größe an Dickies Fußende. Das Bett knirschte, dann wankte es. Dickie fuhr auf und zog erschrocken die Beine an.
»Donnerlittchen, hast du aber kalte Füße«, säuselte Fabiola. Sie selbst fühlte sich auch seltsam kühl und fest an. Ihr Gesicht war Dickies Gesicht jetzt ganz nahe. Die hellen Augen blitzten. Sie konnte sogar Fabiolas silbernen Lidstrich erkennen.
Jetzt wedelte Fabiola mit den Händen. »Hier sind ein paar warme Socken für die kalten Füßchen!«
Dickie zuckte zusammen und streifte die dicken Socken aus silberner Wolle mit einem Griff ab, dann feuerte sie sie so weit sie konnte,

in den Raum hinein. Sie blieben am Bettpfosten hängen. »Ich will deine blöden Socken nicht. Was hast du mit Johannes gemacht?«
Fabiola druckste herum. Ihre Haare plusterten sich auf wie eine Wolke und ihr Gesicht wurde röter und röter. »Ich habe . . .!«
*»Was!?«* Dickie spürte selbst, dass sie nur noch kreischen konnte.
Fabiola senkte den Kopf. »Ich habe danebengezaubert!«, flüsterte sie und rückte noch ein Stückchen näher an Dickie heran. Ihr Himbeerparfüm roch jetzt so stark, als säßen sie in einer Fruchtschüssel. »Kann mal passieren.«
»Danebengezaubert? Was soll das heißen?«
Fabiola seufzte leise. »Vorhin, als alles so schnell gehen musste. Das war, als ich meine Möbel da oben in den Schrank zaubern musste, um Platz für dich zu machen. Meine Liebe!«
Dickie zuckte hilflos die Schultern. »Ich weiß nicht, was du meinst!«
Fabiola stöhnte. »Johannes ist mir die ganze Zeit hinterhergelaufen. Ich weiß auch nicht,

warum er das tut.« Sie zögerte. »Er muss wohl noch irgendwo im Raum gewesen sein, als ich die Verkleinerungsformel gesprochen habe!« Fabiola zuckte hilflos die Schultern. »So etwas kommt eben vor. Ich bin noch in der Ausbildung. Verkleinerungszauber mit mehreren Gegenständen sind sehr schwierig!«
Dickie schüttelte den Kopf. »Und was ist mit der Katze?«
Fabiola sah aus, als ob sie ein Grinsen unterdrückte. Aber vielleicht war sie auch nur den Tränen nahe, jedenfalls verzog sie das Gesicht. »Och, das ist Calypso. Sie ist die Katze der Familie, die vorher hier gewohnt hat.« Fabiolas Stimme war jetzt so leise wie ein Frühlingshauch, nur dass es ja jetzt schon Sommer war. »Früher ist mir das leider öfter passiert. Der Vater der damaligen Familie hat Calypso fast einmal in seine Pfeife gestopft, weil er sie für einen Brösel Tabak hielt. Sie hat ihm ganz schön in den Finger gebissen. Er hat sich so erschrocken, dass die ganze Familie am nächsten Tag wieder

ausgezogen ist.« Fabiola lächelte. »Leider hat Calypso seitdem schreckliche Angst. Sie lebt ganz für sich und lässt sich auch nicht einfangen! Aber nun hat sie ja Johannes!«
Dickie stöhnte. »Das ist ja furchtbar! Und was sollen wir nun machen?«
Fabiola zuckte die Schultern. Von ihrem schlechten Gewissen war offenbar nicht mehr viel übrig. Und grinste sie jetzt nicht sogar? »Wir könnten endlich unsere Pyjamaparty anfangen!«

# 6. Kapitel

»Nein, nein und noch mal nein!« Dickie sah Fabiola durchdringend an. »Wir werden jetzt keine Party machen, wir werden jetzt Johannes wieder auf Normalgröße bringen!«
»*Wir* ist gut!« Fabiola lachte höhnisch. »Was weißt du denn schon von der Feenkunst? Nichts, würde ich mal sagen! Überhaupt hätte ich es mir interessanter vorgestellt, in deiner Nähe zu sein. Das Mädchen aus der anderen Familie, die vorher hier gewohnt hat, ist einmal beim Klauen erwischt worden. Das war jeden-

falls interessant.« Fabiola sah Dickie aufmüpfig an. »Und ein Junge aus einer Familie, die davor in diesem Haus gewohnt hat, ist auf der Treppe ausgerutscht und hat sich das Bein gebrochen. Das war echt witzig!«

Dickie schüttelte den Kopf. »Darüber kann ich leider nicht lachen!«

»Du bist eben ein ernster Knochen!« Fabiola schnalzte mit den Fingern, hielt plötzlich einen winzigen Spiegel in die Luft, ploppte mit den Lippen und tuffte sich mit der anderen Hand die Haare auf. »Ist echt kein Wunder, dass du keine Freundin hast!«

Dickie schluckte. Leider stimmte es, was Fabiola sagte. Der Einzige, der in den Pausen manchmal neben ihr stand, war Kelly Schröter, aber als Freund konnte man *den* nun wirklich nicht bezeichnen. Die Mädchen redeten kaum jemals mit ihr. Viele Mädchen in der Klasse spielten noch mit Glitzerperlen oder Puppen. Die anderen schminkten sich schon, überlegten, ob sie einen BH anziehen sollten, und gaben ihren Eltern freche Antworten. Je weiter das Schuljahr fortschritt, desto mehr Mädchen wechselten von der ersten Gruppe in die zweite. Dickie gehörte zu keiner der beiden. Sie hatte das Gefühl, dass sie irgendwo auf dem Weg dazwischen eingefroren war und dass sich niemals mehr etwas ändern würde.

Fabiola hielt ihr den kleinen Spiegel hin. »Hier, schau mal rein. Wetten, du hast gerade gedacht, dass du *wirklich* keine Freundin hast.« Sie lachte laut auf. »Man hat es dir am Gesicht angesehen. Soo lang war es!«

»Du bist gemein!« Dickie presste die Lippen fest zusammen. Es fehlte nicht viel und sie wäre in Tränen ausgebrochen. Aber dann fiel ihr ein, dass sie nur selten weinte und dass sie den Dingen immer auf den Grund ging. Sie seufzte. Warum war Fabiola so fies zu ihr? Es gab nur eine Antwort auf diese Frage. Fabiola wollte von etwas ablenken. Davon nämlich, dass sie Johannes nicht wieder auf seine richtige Größe zurückzaubern konnte.

»Hör auf, mich zu ärgern. Lass uns lieber mal zusammen überlegen, wie wir Johannes wieder groß bekommen«, schlug Dickie vor. Sie versuchte, Fabiolas Grinsen nachzumachen. Das sah bestimmt furchtbar aus. »Sonst sag ich Papa, dass du hier bist. Der schmeißt dich bestimmt sofort hinaus. Das ist dir sicher nicht lieb!«

Fabiola wackelte unschlüssig mit dem Kopf, aber Dickie konnte sehen, dass sie nun doch unsicher wurde.

»Hast du vielleicht deinen Zauberspruch vergessen?«

»Nein, das ist es nicht!« Fabiola stöhnte. Dann begannen plötzlich *ihre* Augen zu glänzen. »Bitte sag niemandem, dass ich hier bin. Das wäre ganz furchtbar für mich! Ich muss zwölf Jahre lang für eine Familie arbeiten, sonst bekomme ich Punktabzüge. Es nennt sich Berufspraktikum. Und ich darf nur mit einem einzigen Menschen aus der Familie darüber sprechen, wer ich bin. Bitte, Dickie, verrate mich nicht! Schwöre mir, dass du mich nicht verrätst!«

Dickie spürte, dass sie plötzlich ganz von alleine grinste. Eigentlich hätte sie Fabiola jetzt gern über ihre Ausbildung zur Fee ausgefragt. Aber bestimmt war es besser, erst einmal ihr Ziel zu verfolgen. So nachgiebig wie jetzt war Fabiola jedenfalls noch nie gewesen.

»Gut, ich verrate dich nicht, das verspreche ich. Aber nur unter zwei Bedingungen. Erstens sorgst du dafür, dass Johannes wieder groß wird. Ich helfe dir dabei, so sehr ich kann.«

»Und zweitens?« Fabiolas silbrige Lider flatterten.

»Zweitens kommst du morgen früh mit mir zur Schule, da habe ich eine Aufgabe für dich!«

Fabiola hob abwehrend die Hände. »Ich darf keine Freundinnen herbeizaubern. Ehrlich, Dickie, das geht nicht!«

Dickie nickte. »Das würde ich auch sowieso nicht wollen. Mir reicht es schon, wenn alle etwas netter zu mir sind. Jedenfalls fünf Minuten

lang. Aber das hat Zeit.« Sie zögerte. »Bis wir Johannes gerettet haben!«
»Meinetwegen.« Fabiola tippte mit ihrem langen Zeigefinger auf ihr Handgelenk und trug dort im gleichen Augenblick eine dicke schwarze Herrenarmbanduhr. »Huch! Ich wollte eigentlich eine kleine rosa Uhr.« Sie schluckte. Das klang so laut, als ob sie eine Kröte herunterschlucken würde. »Alles egal. Die Zeit zeigt das Ding ja an. Es ist gleich Mitternacht. Das ist gut. Um Mitternacht gehen die meisten Zauber viel leichter!« Sie tippte abermals auf ihr Handgelenk und die große Armbanduhr verschwand. »Wo sind all die Sachen von Johannes? Je mehr Gegenstände wir von ihm haben, desto leichter wird es, ihn wieder groß zu zaubern!«
Die folgenden Minuten vergingen damit, dass Dickie sich die Treppen hinunterschlich, um das Gepäck von Johannes aus dem Wohnzimmer zu holen. Aus den Schlafzimmern im ersten Stock drang dreistimmiges Schnarchen. Eine

Stufe knarrte unter Dickies Füßen. »Bist du das Dickie?«, rief Dickies Vater schlaftrunken. »Nun muss aber langsam mal Schluss sein mit der Party!«

»Ich hole mir nur ein Glas Wasser!«, antwortete Dickie. Aber da schnarchte der Vater schon wieder.

Im Wohnzimmer war alles ruhig. »Kannst du mir nicht mal helfen?«, stöhnte Dickie und versuchte, den Hundekorb mit den vielen kleinen Kissen, dem Übernachtungstäschchen, dem Kuscheltier, der Schlafdecke, der Schlafbrille, der Unterlegedecke, dem Wassernapf, dem Fressnapf und der Müslischale, der Tüte mit den Hundebonbons, der Fellbürste, dem Ohrenreiniger, dem leuchtenden Nachtlichthalsband und der Hundewärmflasche zu füllen. Dann breitete sie die Arme aus und hob den Korb an. Er war schwerer, als sie ihn in Erinnerung hatte. Dickie schwankte unter der Last.

Fabiola folgte ihr wie ein Schatten, machte aber keine Anstalten, selbst etwas zu tragen. »Meine Fingernägel«, gab sie als Begründung an. »Feen sollen sowieso nicht schwer tragen!«

Dickie unterdrückte einen Fluch.

»Und bitte nicht fluchen«, maulte Fabiola. »Das ist ganz schlecht für die Haut.«

Dickie bemühte sich unterdessen, vorsichtig aufzutreten, damit die Treppenstufen nicht wieder knarrten, aber das taten sie doch. Als sie endlich mit dem ganzen Gepäck wieder in der Dachkammer angekommen waren, lief Dickie der Schweiß in einem kleinen Rinnsaal die Schläfe hinunter.

»Uh, Menschenschweiß«, grummelte Fabiola und verzog das Gesicht. Dann jedoch schien sie sich eines Besseren zu besinnen, schnippte mit den Fingern und hielt Dickie ein blütenweißes Taschentuch mit Herzchenmuster entgegen. »Ich kann die auch noch in blau«, bot Fabiola an. »Wäre dir das vielleicht lieber?«

»Mir ist lieber, wenn wir endlich anfangen!«, entgegnete Dickie. Ihre Haut brannte. War sie müde? Oder war sie einfach nur wütend?

Fabiola sah zu, wie Dickie die Gegenstände auf dem Fußboden arrangierte. »Schieb alles unters Bett. Aber vorsichtig, damit Johannes nicht aufwacht und vielleicht wegläuft!« Sie stöhnte. »Ich mache schon mal Zauberlicht, dann geht das gleich leichter.« Sie wedelte mit den Händen und Dickie spürte, dass sich der dämmrige Raum langsam mit lilafarbenem Licht füllte.

Fabiola beobachtete mit in die Seiten gestemmten Händen, wie Dickie sich hinhockte und einen Gegenstand nach dem anderen unter das Bett schob. Dann nickte sie zufrieden und legte einen Finger an die Nasenspitze. »Bist du bereit, Dickie Zickewitz?«

»Ich? Wieso?« Dickie erhob sich langsam von den Knien. Warum sprach Fabiola sie plötzlich mit ihrem kompletten Namen an? Das klang irgendwie feierlich, fand Dickie. Feierlich und bedrohlich. Das lilafarbene Licht brannte in ihren Augen.

Fabiola schüttelte unwillig den Kopf. »Nur noch ein Tipp. Wenn du eine Maus siehst, lauf nicht weg. Mäuse sind Familienwesen. Die laufen einem dann hinterher. Das ist ihre Natur.« Sie zögerte. »Calypso leidet schrecklich unter den Mäusen. Sie ärgern sie immer und jagen sie nächtelang durchs Haus. Aber letztlich sind sie harmlos.« Fabiola schien ernsthaft nachzudenken. »Ich glaube, sie fressen Käse und solche Sachen. Haben wir alles in der Feenschule gelernt.«

Konnte es sein, dass Dickie irgendetwas nicht mitbekommen hatte? »Ich habe keine Angst

vor solchen kleinen Tieren«, antwortete sie leise. »Mäuse sind eigentlich süß.«
Fabiola grinste.
»Süß, na ja. Als ich im kleinen Feenmodus war und meine erste Maus gesehen habe, war mir schon etwas mulmig.« Sie zögerte. »Aber du bist ja viel mutiger als andere Mädchen. Wirst es schon schaffen!«
»Schaffen? Was schaffen? Was meinst du damit?«, wollte Dickie gerade fragen. Aber sie kam nur bis »Schaff . . .«, dann bildete sich plötzlich Gänsehaut auf ihren Armen, ein kühler Wind umfächelte sie, es ploppte in ihren Ohren und einen Augenblick später fiel sie zu Boden.
Hatte sie die Augen geschlossen oder war es hier plötzlich nur besonders dunkel? Wo war sie? Das konnte doch nicht die Dachkammer sein! Über ihr schimmerten riesige braune Spiralen aus rostigem Eisen, neben ihr lag ein kniehoher Wuschel Staub. Fabiola lachte hell. »Sei vorsichtig, wenn du hochkommst. Ich weiß

nicht, ob du unter dem Bett noch stehen kannst!«

»Unter dem Bett?« Dickie versuchte, sich hochzurappeln. Tatsächlich ragte ihr Kopf fast bis zu den eisernen Spiralen.

»Das sind die Bettfedern«, kicherte Fabiola. »Lustig, oder? Ach, ich liebe es, so klein zu sein! Guck mal dahinten. Ein alter Bonbon. Ist es nicht herrlich, wenn ein Bonbon so groß ist wie eine Melone?«

Da verspürte Dickie etwas Weiches, Warmes an ihrer Wade. Eine vertraute Stimme bellte. »Johannes! Da bist du ja wieder!«

Sie kniete sich neben den Hund und nahm ihn in die Arme. »Ich bin ja so froh, dass du wieder groß bist!« Die schwarze Katze, die so dicht hinter ihm stand, dass die Schwänze der beiden sich überkreuzten, musterte Dickie aus kalten grünen Augen.

Fabiola lachte. »Ach, wie dumm du bist. Johannes ist doch gar nicht groß. Schau dich doch um! Wir beide sind jetzt klein. Wir sind unter

deinem Bett. Das ist nur ein Zwischenzauber.« Sie streckte die Hand nach der Katze aus und zuckte zurück, als Calypso drohend eine Tatze hob. »Calypso ist mir leider immer noch böse. Aber ich finde doch, dass mir der Zwischenzauber sehr gut gelungen ist. Das Größenverhältnis stimmt, oder? Die Katze ist . . . wie eine Katze, oder nicht?« Stolz schwang in ihrer Stimme. Sie ging in die Hocke und streichelte Johannes ebenfalls. Dann sprang sie plötzlich auf,

stampfte mit dem Fuß auf und scheuchte ein Wesen weg, das sich ihnen neugierig genähert hatte. Braun. Acht Beine. So groß wie ein Medizinball. Das war eine Spinne. Sie stakste beleidigt hinter einen Bettpfosten.
Dickie indes war mitten im Streicheln erstarrt. Sie blickte sich erschrocken um. Das Schlaftier von Johannes, das sie eben noch vorsichtig unter das Bett geschoben hatte, sah nicht mehr aus wie ein Kaninchen. Es hatte rote Augen wie zwei Pizzas Margherita ohne Käse und ohne alles und es war so groß wie ein Bär. Ein Planschbecken? Seine Trinkschale. Der große Besen? Seine Hundezahnbürste? Das goldene Tablett, das an der flachen schwarzen Mauer lehnte? Seine Hundemarke samt Halsband. Eine weiße Fackel? Ein Ohrenreiniger, groß wie ein Staubwedel. Dickie spürte, wie sich die Welt um sie drehte. Sie hatte einmal ein Buch gelesen, das in früherer Zeit spielte. Da trugen die Frauen enge Ballkleider und wurden ständig ohnmächtig. Dickie hatte das damals nicht verstanden. Jetzt aber wünschte

sie sich, ebenfalls zu Boden zu sinken und nichts mehr von alledem zu sehen.
»Nicht einschlafen!«, befahl Fabiola und legte ihr erschrocken eine Hand auf die Stirn. »Und auch nicht ohnmächtig werden. Schlafende und ohnmächtige Leute kann ich nicht größer zaubern. Das lernen wir erst im Gesellenjahrhundert!«
Es war schwer, die Augen wieder zu öffnen. Dickie versuchte, sich zu konzentrieren. Ihr Herz puckerte. Wahrscheinlich war es jetzt so klein wie eine Rosine, vermutete Dickie, und ihr wurde schon wieder mulmig.
»Ganz ruhig atmen«, befahl Fabiola. Aber ihre Stimme zitterte dabei. »Wir haben nicht mehr viel Zeit. Und dreh dich besser jetzt nicht um!«
Kann es sein, dass man spürt, wenn man angeschaut wird? Obwohl derjenige hinter einem steht? Dickie drehte langsam den Kopf. Die Maus war so groß wie ein Schwein und sie hatte auch so ähnliche Augen und Ohren, nur dass sie grau war. Das lilafarbene Licht schimmerte auf

ihrem Fell. Die Maus öffnete den Mund und zeigte zwei große Mausezähne, wie zwei Tafeln weißer Schokolade.
Da schrie Dickie Zickewitz. Sie schrie so laut, wie sie noch niemals in ihrem Leben geschrien hatte. Es rauschte in ihren Ohren. Ein eisiger Wind streifte ihren Körper. Dann knallte es, und sie landete mit einem Rums oben in ihrem Bett. Groß und kräftig wie je zuvor. Das lilafarbene Licht war verloschen. Unter dem Bett raschelte etwas. Dann tat es einen zweiten Schlag und Fabiola landete neben ihr. Das Bett ächzte. Dickie sah sich erschrocken in der Dachkammer um. Der Hundekorb von Johannes: normale Größe. Ihre Füße? Sie fasste sie an. Normale Größe. Nur ihre Knochen schmerzten, so als ob sie zu schnell gerannt wäre.
»Mann, kannst du aber laut schreien!«, maulte Fabiola neben ihr und knuffte Dickies Arm. Fabiola hatte ebenfalls wieder ihre gewöhnliche Größe. Nur ihre Haare wirkten noch zerzauster als zuvor. »Jetzt hast du alles verdorben!«

Dickie schüttelte verzweifelt den Kopf. »Wo ist Johannes? Du hast ihn doch mit uns zusammen groß gezaubert?«

Fabiolas Stimme vibrierte. »Das hab ich in der Aufregung vergessen. Du hast mir mit deinem Schrei so einen Schrecken eingejagt!«

»Du kannst es gar nicht, gib es nur zu! Und du hast gesagt, dass du es kannst! Dass du ganz viele Gegenstände von ihm brauchst und dass es dann klappt!«

Fabiola stöhnte. Das klang, als ob jemand eine knarrende Tür öffnete. »Reg dich nicht auf. Ich dachte eben, dass es funktioniert. Den Trick mit den vielen Sachen hab ich mal in einer Zauberanleitung auf einem Kaugummipapier gelesen. Ausprobieren schadet ja nichts, dachte ich.«

# 7. Kapitel

Als Dickie am Morgen erwachte, hörte sie schon das Geklapper von Geschirr aus der Küche. Irgendwo in weiter Ferne schellte ein Telefon. Dickie beugte sich weit über die Bettkante und sah, dass Johannes und Calypso noch immer eng umschlungen schliefen, zwei kleine Klößchen, die sich in den Schlaf geflüchtet hatten. Sie sahen erschöpft aus, fand Dickie. Matt und mitleiderregend. Sie schluckte. Was hatte sie dem armen Johannes nur angetan? Wenn sie dieses Haus nicht gefunden und nicht mit Fabiola ins Gespräch gekommen wäre, würde er jetzt bei seiner Besitzerin im Hundekörbchen hocken oder irgendwo auf einer Wiese herumtollen.

Der Wandschrank der alten Dachkammer war fest verschlossen. Offenbar hatte Fabiola es doch vorgezogen, den Rest der Nacht in ihrem Feen-Appartement zu verbringen. Während Dickie sich anzog, öffnete sich eine der oberen Türen und Fabiola schaute heraus, klein wie ein Püppchen und in eine dunkelblaue Schuluniform gewandet. Die Strapazen der Nacht waren ihr nicht anzumerken. »Juhu! Ich komme mit dir zu Schule!«, juchzte sie. »Das wird ein Spaß!« In der Hand hielt sie einen rosa Flakon, deren Inhalt sie nun über ihre Haar sprühte. Sofort verbreitete sich durchdringender Himbeergeruch. Dann knallte es, und Fabiola landete in voller Größe mitten in der Dachkammer. »Schau mal, ich habe mir sogar eine Schultasche gemacht!« Sie schlenkerte einen silbernen Beutel hin und her, auf dem das Wort »Schultasche« stand. »Kommen da jetzt eigentlich noch Bücher rein? Oder soll ich lieber eine Torte für die Kinder mitnehmen?«

Als Dickie nach unten kam, saßen ihr Vater, Britt und Udo schweigend am Frühstückstisch.

»Guten Morgen, Fabiola«, sagte der Vater höflich zu Fabiola. Udo grunzte. Britt machte Hi! und schob Fabiola einen Stuhl hin.

Bildete Dickie sich das nur ein oder sahen alle sie feindselig an? »Frau Senfkorn hat schon wieder angerufen«, blaffte der Vater. »Du sollst den Hund noch vor der Schule bei ihr vorbeibringen. Sie ist sehr aufgebracht, dass er gestern nicht zurückgerufen hat. Sie glaubt, dass ihm etwas geschehen ist. Wo ist das dicke Viech überhaupt?«

»Im Garten«, sagte Dickie schnell. »Er geht spazieren.«

»Morgens um halb sieben?«, fragte der Vater zurück und biss in sein Brot. »Das ist ja vorbildlich. Was will er danach machen? Die Post durchsehen?« Er schüttelte unwillig den Kopf. »Ich weiß aber, was *ich* machen will. Ich werde mal ein paar Mausefallen aufstellen. Ich wollte ja nichts sagen. Aber gestern Abend huschte hier ständig etwas kleines Schwarzes durch die Küche.«

»Mäuse sind nicht schwarz, Mäuse sind grau«, muffelte Udo.

Fabiola setzte sich zierlich auf den Stuhl, den Britt ihr herangerückt hatte. »Was habt Ihr heute alle vor, Leute?«

»Schule«, muffelte Udo. »Der gleiche Scheiß wie immer.«

Britt gähnte. Dann strich sie Fabiola plötzlich über die langen wirren Haare. »Hey, dein Haar fühlt sich an wie ein Besen. Und trotzdem glänzt es so. Geil. Ist das eine Spülung oder machst du Gel rein? Kann ich das auch mal benutzen?«

»Ich muss heute arbeiten«, murmelte Dickies Vater. »Wie immer. Spiele erfinden.«

»Wir haben in der ersten Stunde Musik, und

dann haben wir ...«, sagte Dickie, aber niemand nahm von ihr Notiz.
Fabiola lächelte in die Runde. »Ich kenne auch ein Spiel. Wir haben es früher immer bei meiner Oma gespielt. Sie ist eine berüchtigte Staubfee. Ich meine, bei meiner Oma war es ganz staubig.« Dickie sah, wie sich kleine rote Punkte auf Fabiolas Wangen bildeten.
»Du bist niedlich, wenn du so herumstotterst.« Udo hatte den Kopf in die Hände gestützt und lächelte Fabiola an. Dickie hatte noch nie zuvor seine Zähne gesehen. Er sah richtig nett aus, wenn er ein freundliches Gesicht machte. Udo rückte jetzt sogar ein Stückchen an Fabiola heran. »Wie geht denn das Spiel?«
Fabiola legte den Kopf auf die Seite. Udo zuckte zusammen, als ihn ihre Haarspitzen an den nackten Unterarmen berührten.
»Das Spiel heißt: Wünsch dir was unter der Wurst!« Fabiola hüpfte mit ihrem Hintern auf dem Stuhl auf und ab. »Das spielen wir jetzt!«
»Hä?« Udo verzog das Gesicht.

Dickie konnte sehen, dass Fabiolas rote Punkte mehr und mehr wurden. Sie kicherte etwas zu laut. »Aber man kann es auch mit einer Käsescheibe spielen, wenn dir das lieber ist.«
»Ich spiel es mit Wurst!«, rief Britt. »Die ist sowieso eklig.« Sie zog ihre Scheibe Jagdwurst von ihrem Brot und flanschte sie auf Fabiolas Teller. »Und nun?«
Fabiola wich ein Stück zur Seite. »Nun wünsch dir etwas, was unter die Wurst passt.«
»Die Autoschlüssel von Paps!«, rief Udo, bevor Britt etwas sagen konnte. Dickie hätte sich gern etwas mehr Butter unter ihre Wurst gewünscht, aber das hörten die anderen ohnehin nicht.
Fabiola grinste. »Schau drunter!«

Udo riss die Wurstscheibe hoch und stopfte sie sich in den Mund. Nur kauen konnte er nicht mehr. Dazu war er zu verblüfft. Auf dem Teller lag der kleine Autoschlüssel von Balthasar Zickewitz, komplett mit Puschelanhänger.

»Schweinkram«, rief Dickies Vater, langte über den Tisch und stopfte den Schlüssel in seine Hosentasche.

»Ich wünsche mir schwarzen Lidschatten unter der Wurst«, gellte Britt.

»Oh, mal sehen, ob das geht!« Fabiola wedelte mit den Händen durch die Luft.

Britt nahm eine Gabel vom Tisch, pikte in die Wurstscheibe und nahm sie hoch. Tatsächlich lag darunter ein feiner dunkler Staub.

Britt schob die Unterlippe vor. »Ich hatte eigentlich gedacht, dass der Lidschatten in einem kleinen Döschen wäre.«

»Aber *das* hast du dir nicht gewünscht«, entgegnete Fabiola.

Dickies Vater machte einen langen Hals. »Das ist kein Lidschatten. Das sind doch nur verbrannte Toastkrümel. Warum lässt du den Toast immer verbrennen, Dickie? Ich habe dir schon hundert Mal gesagt, dass Toast zartbraun sein muss.«

Dickies Vater stand vom Frühstückstisch auf und stellte seinen Teller in die Spüle. »Ich will vor der Arbeit noch staubsaugen. Es ist hier überhaupt viel zu krümelig. Kein Wunder, dass hier Mäuse sind!« Er blickte gut gelaunt in die Runde. »An meinem Geburtstag soll schließlich alles hübsch und sauber sein.«

Dickie hatte nur das Wort »Mäuse« gehört. »Das, was er meint, waren keine Mäuse, das waren Johannes und Calypso«, flüsterte Dickie in Fabiolas kleines weißes Ohr. »Was ist, wenn Paps die beiden findet?«

Fabiola machte eine Geste mit ihrem Zeigefinger an ihrem Hals, dazu ließ sie das Kinn auf ihre Brust sinken und streckte ihre unerwartet lange und seltsamerweise hellblaue Zunge weit heraus.

»Cool!«, murmelte Udo.

Dickies Vater runzelte die Stirn.
»Isst du echt Blaubeerkaugummi zum Frühstück?«, wollte Britt wissen. »Oder hast du einen blauen Bonbon gelutscht? Kann ich auch einen? Du musst ihn auch nicht extra unter die Wurst legen. Es ist sowieso kein guter Trick.«
Aber Fabiola schüttelte nur beleidigt den Kopf.
»Hör endlich auf mit dem Unsinn. Wir müssen Johannes und Calypso mit zur Schule nehmen«, zischte Dickie. »Hier sind sie nicht mehr sicher!«
»Wer ist sich nicht sicher?«, wollte nun Dickies Vater wissen.
»Es ist alles in Ordnung, Herr Zickewitz«, sagte Fabiola brav und schenkte Dickies Vater ihr schönstes Lächeln. »Dickie und ich gehen schon mal los zur Schule, dann kommen wir ganz *sicher nicht* zu spät!« Sie zog Dickie vom Stuhl hoch und schob sie nach draußen. »Immerhin müssen wir ja Johannes noch bei Frau Senfkorn vorbeibringen. Nicht wahr, Dickie!« Sie schien sich köstlich zu amüsieren.

»Wo ist er überhaupt?«, flüsterte Dickie und schulterte ihre schwere Schultasche. »Hoffentlich liegt er noch oben unter dem Bett. Kannst du ihn schnell holen?«
Fabiola stand neben ihr auf der Türschwelle. »HOLEN? Du meinst, ich soll nach oben laufen und ihn einfangen?« Sie verzog das Gesicht. »Bin ich Fee oder bin ich Laufbursche?« Sie kicherte, dann machte sie eine Bewegung mit der Hand, so als ob sie sich die Hände waschen wolle. Im gleichen Augenblick piepste es erschrocken und Dickie sah, dass nun Johannes und Calypso dicht aneinandergedrängt auf der Türschwelle hockten und sich unsicher umsahen. »Oh, verflixt, jetzt habe ich sie beide hergeholt! Dabei hatte ich nur Johannes gerufen!«
Da heulte der Staubsauger auf. Dickies Vater drückte das Gerät wie einen Schneeschieber vor sich her. »Mäuse!«, rief er und rückte seine Brille näher auf die Nase. »Na wartet!«
Fabiolas Blick ging ins Leere. »Irgendetwas stimmt hier nicht!«

»Na, du bist gut!« Dickie bückte sich, schnappte Johannes und Calypso, die sofort ihre winzigen Krallen ausfuhr, und rannte mit den beiden in der Hand zum Gartentor.

Hinter dem Zaun blieb sie schwer atmend stehen. Zuerst dachte sie, dass Fabiola hinter ihr herrannte, aber das hatte sie offenbar nicht nötig. Es machte Plopp und sie stand plötzlich vor ihr. »Das kannst du dir auch langsam mal wieder abgewöhnen«, keifte Dickie, die ja normalerweise überhaupt nicht zickig war. »Wenn wir Freundinnen sein wollen, musst du aufhören, mich so zu erschrecken.«

Die beiden Tiere in ihrer Hand bewegten sich vorsichtig. Johannes wirkte zwar verschüchtert, erkannte sie nun aber und kläffte kläglich. Calypso machte einen Buckel.

»Willst du sie die ganze Zeit in der Hand behalten?« Fabiola schlenkerte ihre silberne Schultasche hin und her.

»Ich könnte sie in mein Federmäppchen legen«, schlug Dickie vor. »Da guckt keiner hinein. Da

sind sie sicher. Von mir hat sich überhaupt noch nie jemand einen Radiergummi geliehen.«

Fabiola zog ihre Nase kraus. »Mieft das nicht darin? Und bekommen sie dort überhaupt Luft? Wiederbelebungszauber kann ich noch nicht. Das können nur die Großfeen.«

Dickie schluckte. »In meinem Federmäppchen mieft es überhaupt nicht. Und außerdem ist ohnehin ein Loch drin.« Seltsam nur, dachte sie, dass sich das noch einmal als Vorteil erweisen würde.

Wie Dickie vermutet hatte, wirkten beide Tiere

zufrieden, als der Reißverschluss über ihnen zuhakte. Dickie blickte auf ihre Armbanduhr. »Wenn wir uns jetzt nicht beeilen, kommen wir zu spät.« Aber das hörte Fabiola offenbar schon nicht mehr. Wie es aussah, hatte sie nicht die Absicht, den Weg zur Schule zu laufen. Sie war einfach verschwunden und Dickie wusste nicht, ob sie wirklich hoffen sollte, dass sie in der Schule wieder auftauchte.

Von der Villa aus war der Schulweg ungefähr doppelt so weit wie von der alten Wohnung. Britt und Udo würden vom Vater im Auto mitgenommen werden, denn ihre Schulen lagen auf seinem Weg. Zu Dickies Schule war es ein Umweg für ihn. Das war schon immer so gewesen. Sie rückte die schwere Schultasche auf ihren Schultern zurecht und achtete darauf, dass das Federmäppchen immer schön obenauf liegen blieb. Am besten, sie würde nicht länger darüber nachdenken, sondern losmarschieren, so wie an allen anderen Tagen zuvor.

Als sie vor der Schule ankam, stand Fabiola

schon auf dem Pausenhof, umringt von den Mädchen aus Dickies Klasse. Sie umschlossen sie nachgerade. Olivia Ochsenbrüller hatte gerade Fabiolas silberne Schultasche in der Hand und strich weihevoll darüber. Tamara Taubenschwanz war mit einem ihrer dicken Füße in Fabiolas silberne Flipflops geschlüpft und ließ die Sohle auf- und abfloppen. Kerstin Isenköttel und ihre Zwillingsschwester Irene kicherten, während sie Fabiolas silberne Haarspangen ausprobierten. Aber sie kicherten ohnehin meistens. Von Dickie nahm niemand Notiz. Auch wie immer.

»Hi!«, hörte Dickie sich sagen. »Fabiola ist übrigens mit *mir* gekommen! Ich frage mich gerade, ob ich sie nicht bei der Direktorin anmelden müsste. Sie ist ja nur zu Besuch!«

»Quatsch!« Olivia Ochsenbrüller sah sie kurz von der Seite an, so als ob sich ihr ein sirrendes Insekt genähert hätte, dann schlenkerte sie weiter mit Fabiolas Schultasche.

»Die ist echt cool«, sagte sie, und Dickie ahnte,

dass sie damit nur die Schultasche meinte und sonst gar nichts.
»Fabiola wohnt bei uns«, sagte Dickie.
Fabiola warf Dickie einen kurzen Blick zu. »Das kann man ja wohl nicht so sagen.«
Die Mädchen kicherten nun alle. Dann drehten sie sich plötzlich alle um und strebten dem Schulportal zu, Fabiola in ihrer Mitte. Irene Isenköttel hatte sich sogar bei Fabiola untergehakt.
»Wo wollt ihr alle hin?«, fragte Dickie.
»Es hat geklingelt, du Transuse!«, zwitscherte Tamara Taubenschwanz.
Dickie spürte, wie sie errötete, und sie stapfte den anderen hinterher.
Vor dem Portal stand Kelly Schröter. Der hatte ihr gerade noch gefehlt. Es reichte Dickie schon, dass er neben ihr saß, obwohl sie zugeben musste, dass auch er kaum jemals das Wort an sie richtete. Er war auch meistens viel zu sehr damit beschäftigt, sich gegen die Jungen der Klasse zu verteidigen, die ihn immer ärgerten.

Kellys rundes Gesicht war heute vor Aufregung gerötet. »Ich habe gehört, dass ihr jetzt unsere neuen Nachbarn seid!«, rief Kelly. Er presste die Worte einzeln hervor. Das machte er immer. Dickie seufzte und drängte sich an ihm vorbei. »Tatsächlich?« Sie wünschte sich, ihn in ihrer Hausaufgabe nicht so nett beschrieben zu haben. Er war nicht nett. Kelly war nervig. Sie hatte noch nie darüber nachgedacht, wo er wohnte.

»Ja, ihr seid jetzt sogar *genau* nebenan«, fuhr Kelly fort. »In der alten Villa, wo die Leute immer sofort wieder ausziehen. Ich wohne mit meiner Mutter in der alten Marmeladenfabrik daneben. Toll, oder? Da könnte man sich ja mal treffen!« Kelly sah sie hoffnungsvoll an, aber dann schien sein Mut sofort wieder zu sinken. »Aber man weiß ja nie«, murmelte er.

Dickie nickte abwesend. Am Ende des Flurs verschwanden Fabiola und die Mädchen soeben um eine Ecke. Kelly Schröter schlüpfte schnell wie ein Wiesel in die Jungentoilette. Dort mampfte er jetzt vermutlich sein Schulbrot, damit die anderen Jungen es ihm nicht während des Unterrichts aus der Tasche klauten. Kelly hatte es ihr einmal verraten, als die Mädchen mit Dickies Federmäppchen Fangen gespielt hatten. Aber das mit dem Schulbrot konnte ihr ohnehin nicht passieren. Sie hatte niemals eines mit.

Dickie betrat den Klassenraum wie an jedem Tag. Sie schaute sich erst einmal um, ob nicht irgendwo jemand mit dem Tafelschwamm stand und auf sie zielte. Aber heute war alles anders. Fabiola saß auf dem Platz von Olivia Ochsenbrüller, der als der beste Platz der Klasse galt. Olivia selbst hatte sich lächelnd in die letzte Reihe gesetzt und winkte Fabiola zu.

Dickie quetschte sich auf ihren Platz neben der Heizung, hängte die Schultasche an den Tischhaken und fummelte vorsichtig das Federmäppchen hervor. Sie spähte nach hinten, aber da niemand Notiz von ihr nahm, öffnete sie vorsichtig den Reißverschluss. Johannes und

Calypso pennten einträchtig neben dem blauen Buntstift.
Dickie hätte fast nicht bemerkt, wie Herr Voller in die Klasse kam, gefolgt von Kelly, der immer noch kaute und schnell neben sie rutschte. »Was ist das überhaupt für ein komisches Mädchen?«, flüsterte er. »Ich glaube, ich habe sie schon mal bei euch im Garten gesehen!«
Dickie versuchte, ihn gar nicht erst zu beachten, denn Herrn Vollers strenge Augen schweiften nun über die Klasse. »Psst!«, machte er. »Was ist das für ein Geräusch?«

Irene Isenköttel kicherte und hielt sich die Hand vor den Mund.
Herr Voller war Musiklehrer und er konnte sogar noch hören, wenn sich im Klassenraum nebenan jemand heimlich einen Schokoriegel auswickelte. »Wer schnurrt hier so?«
Die Klasse hielt den Atem an, denn mit Herrn Voller war nicht zu spaßen.
Jetzt hörte Dickie es auch. Es war nur ein ganz leises Geräusch, und Dickie war sich fast sicher, dass es außer Herrn Voller und ihr niemand hören konnte.
Sie spürte, wie ihr Gesicht wärmer und wärmer wurde. Das Geräusch kam aus ihrer Federtasche. Es kam von Calypso, die sich offenbar sehr geborgen fühlte. Nun begann sogar noch Johannes, leise zu schnarchen, und zwar einen Ton tiefer. »Ein G und zwei F«, stellte Herr Voller fest. »Das ist der Anfang eines Beatlessongs. Er heißt ›Yesterday‹. Was soll das?«
Alle sahen einander mit unschuldigen Mienen an und legten die Köpfe schief.

Dickie versuchte, die Hand unauffällig auf die Federtasche zu legen. Aber Calypso schnurrte nur umso lauter. Herr Voller hatte seinen Platz vor der Tafel verlassen und begann nun langsam, die Reihen abzuschreiten. »Wenn ich hier wieder irgendwelches elektronisches Spielzeug finde, das den schönen Beatlessong düdelt, schmeiße ich es in den Mülleimer, egal, was es ist!«, drohte Herr Voller. »Spielzeug, das Geräusche macht, ist schädlich für Kinder!« Er hatte am Ende des Klassenraums kehrtgemacht und kam nun in Dickies Reihe langsam näher. Schon spürte sie, dass er unmittelbar hinter ihr stand.

»Entschuldigung!«, rief da eine flirrende Stimme. »Das Geräusch kommt von mir!«

Herr Voller fuhr zu Fabiola herum. »Wer bist du?« Seine Schritte entfernten sich langsam wieder.

»Ich bin Fabiola!«, säuselte Fabiola. »Ich bin für einen Tag zu Besuch!«

Bildete Dickie sich das nur ein, oder schnurrte Fabiola jetzt wirklich?

Herr Voller starrte Fabiola an. »Warum machst du so ein Geräusch?« Er hielt sich die Ohren zu. »Das ist grauenhaft!«
Fabiola nickte. »Da ist, äh, mein Magen, der knurrt!«
»Auf G, F, F?« Herr Voller schien einen Moment lang zu überlegen. »Wohl nichts gefrühstückt? Es ist schrecklich, wenn Kinder nichts gefrühstückt haben!«
Fabiola nickte heftig. Sogar das Schnurren wurde lauter.
Herr Voller kam mit langen Schritten wieder nach vorne geeilt, griff in seine Aktenmappe und holte ein eingewickeltes Stück Brot hervor, das er Fabiola an ihren Tisch brachte.
Fabiola nahm das weiße Paket unsicher entgegen und wickelte es langsam aus. Es war eine aufgeklappte Brotscheibe. Sofort verbreitete sich der Geruch von Salami im Raum. Dickie spürte, wie Fabiolas Blick sie traf. Darin: Pure Panik. Es war klar. Fabiola hatte noch niemals ein Schulbrot gesehen. Nun wusste sie nicht,

was sie damit machen sollte. Sie hielt es mit ihren langen weißen Fingern weit von sich.
Herr Voller hielt Fabiolas Unsicherheit offenbar für Bewunderung. »Das ist eine Brotkreation meiner Frau«, sagte Herr Voller. »Heute ist es Sinfonie von Mettwurst an Dinkeltoast. Sehr lecker, wirklich. Und nun iss, mein Kind!«
»Sie kann es nicht essen. Sie hat sich heute den Magen verdorben!« Dickie hätte nie gedacht, dass ihre Stimme so schallen könnte. Und dass ihr so schnell eine Ausrede einfallen würde.
Seltsamerweise schien sich Herr Voller damit sofort zufriedenzugeben. Er riss Fabiola das Brot aus der Hand, wickelte es mit flinken Fingern wieder ein und warf es in seine Mappe zurück. Dann begann er mit dem Unterricht.
Dickie sah, dass Fabiola ihr dankbar zulächelte. Das fühlte sich ganz warm in ihrem Bauch an und sie lächelte zurück.
Sekunden später landete ein winziger silberner Zettel genau vor ihr auf dem Tisch. Die anderen

Mädchen hatten auch gesehen, wie der kleine Zettel wie ein Täubchen herbeigeflogen gekommen war, eine Runde über Dickies Kopf gedreht hatte und dann sanft gelandet war. Sie sahen neidisch aus, stellte Dickie glücklich fest.

Sie entfaltete vorsichtig das kleine Blatt. Fabiolas Schrift war nicht gerade leicht zu lesen, denn auch sie war silbern. »Was war es noch gleich, was ich in der Schule für dich tun sollte?«, las Dickie.

Sie griff vorsichtig in ihre Federtasche und zog den blauen Buntstift unter dem Bäuchlein von Johannes hervor, der sich überhaupt nicht stören ließ. Dann schrieb sie: »Ich möchte nur, dass einfach mal jemand etwas Nettes zu mir sagt!«

Sie hatte sich eben noch überlegt, wie sie es anstellen sollte, den Zettel wieder zurückzuwerfen, als er sich ganz von selbst in die Lüfte erhob und zu Fabiola zurücksegelte. Die Mädchen raunten.

Fabiola las den Zettel und wackelte unzufrieden

mit dem Kopf. Offenbar hatte nun auch Herr Voller etwas bemerkt. »Was hast du da?«

Fabiola schenkte ihm ein unschuldiges Lächeln. »Was meinen Sie?« Sie hob ihm ihre offenen, leeren Hände entgegen. »Ich habe hier überhaupt nichts!«

Tatsächlich war der Zettel nicht mehr zu sehen. Fabiola feixte. Einige der Mädchen starrten sie geschockt mit offenem Mund an, andere bewunderten sie. Ebenfalls mit offenem Mund.

Herr Voller schüttelte den Kopf. »Unten auf dem Schulhof kaut jemand Kaugummi«, rief er dann. »Was ist das nur für ein Lärm heute! Kein Wunder, dass ich mich nicht konzentrieren kann!«

# 8. Kapitel

Während des ganzen Vormittags fühlte Dickie sich, als ob sie in ihrer Schulbank gegrillt würde. Zwar kümmerte sich Herr Voller nun nicht mehr um die Geräusche in ihrer Federtasche, aber die beiden Tiere schnarchten auch nicht mehr. Sie waren erwacht und versuchten, mit zunehmender Unruhe aus der Tasche herauszuschauen. Dickie stupste sie immer vorsichtig wieder zurück. Schon wollte Kelly wissen, ob er ihr nicht vielleicht irgendetwas

leihen sollte. Seinen Radiergummi in Monsterform? Das Lineal mit den Hieroglyphen? Den blinkenden Kugelschreiber? Aber Dickie schüttelte immer nur abwehrend den Kopf. Nach einer Weile begann Johannes sogar zu fiepen. Es war ein ähnliches Geräusch wie das, was er auch gemacht hatte, als er noch groß war. Es war klar. Johannes musste mal. Und Calypso erschien es ähnlich zu gehen. Sie kratzte sogar am Boden der Tasche herum, war aber offenbar stubenrein genug, um nicht hier, zwischen Anspitzer und Geodreieck, einen See zu machen.
Einmal, sie hatten gerade Englisch, glaubte Dickie sogar, ein Plätschern zu hören. Aber das kam nur von draußen. Dort hatte es zu regnen begonnen.
Wenn sie vorher noch gehofft hatte, zumindest in der großen Pause ein verstecktes Eckchen auf dem Schulhof finden zu können, das die anderen nicht beachteten – Dickie dachte an die Stelle, an der sie sonst immer einsam herumstand –, schwanden nun ihre Hoffnungen, denn Misses

Fulltime kündigte an, dass die Pause wegen des Wetters im Klassenzimmer stattfinden solle.
Was sollte Dickie tun? Die beiden Tiere im Mädchenklo auf den Boden setzen? Vielleicht auf ein Stückchen Klopapier? Zumindest Johannes würde da nicht können. Er brauchte immer ewig, um sich ein Plätzchen auszusuchen. Während ihrer Spaziergänge rannte er nicht selten kilometerweit, bis er endlich einen geeigneten Ort gefunden hatte. Meist pieselte er auf Wiesen. So hielt Dickie nur mit einer Hand ihre Federtasche zu und zwitscherte leise vor sich hin, um das Fiepen der Tiere zu übertönen.
»Du hast echt einen Knall!«, zischte Olivia Ochsenbrüller im Vorbeigehen. »Wundert mich, was Fabiola an dir findet!«
In der zweiten großen Pause regnete es immer noch. Calypso und Johannes tobten jetzt in der Federtasche herum, dass sich der Stoff ausbeulte.
»Hör endlich auf, deine Federtasche zu kneten«, blaffte Herr Zirkelstecher in der Mathestunde und nahm Fabiola dran, um die Lösung

von 12 mal 12 zu sagen. Nur Dickie schien zu bemerken, dass in diesem Augenblick die Zahl »144« in goldener Schrift an der Tafel aufleuchtete, genau im Rücken von Herrn Zirkelstecher. Die Jungen der Klasse saßen mit überkreuzten Armen und halb geschlossenen Lidern. Die Mädchen hatten ihre Haare wie Vorhänge vor dem Gesicht. Nur Kelly Schröter schien die Zahl zu bemerken. Er rieb sich die Augen.

Als es endlich klingelte, fühlte Dickie sich, als habe sie einen Garten umgegraben. Sie schnappte ihre Schultasche, nahm das Federmäppchen in eine Hand und wollte eben aus dem Klassenraum stürmen. Aber so leicht ging das nicht. Sie war in dem Getümmel immer die Letzte, die herauskam. Schon sammelten sich die Mädchen um Fabiola herum, blockierten die Tür, kicherten und schwatzten und brauchten Ewigkeiten, bis sie endlich ihre Taschen gepackt und ihre Turnbeutel über die Schultern geworfen hatten.

Als Dickie endlich das Klassenzimmer verlas-

sen konnte, standen die meisten von ihnen noch auf dem Flur herum.
»Ich finde, dass du superschöne Haare hast. So wild irgendwie!«, sagte Olivia Ochsenbrenner. Sie hatte die Hände auf dem Rücken verschränkt wie ein Schulmädchen, das sie ja auch wirklich war, und sie sah Dickie mit einem angestrengten Gesichtausdruck an.
Dickie schaute sich nach hinten um. Doch da war keiner.
»Ja, ich meine dich!«, platzte Olivia heraus. Dann wandte sie sich ab, schüttelte ihre Arme aus und lächelte Fabiola zu.
Dickie spürte, wie eine Welle von Wärme sie erfasste. Ohne es zu wollen, berührte sie ihre Haare. Na ja, einigermaßen locker waren sie immerhin. Aber dass sie schön waren, auf den Gedanken war noch niemals jemand gekommen. Die Friseurin in der Stadt hatte sogar einmal gesagt, dass sie beim nächsten Mal wohl lieber zum Hundesalon gehen solle.
»Bis morgen, Dickie!«, rief nun Irene Isenköt-

tel. Es schien ihr nicht leichtzufallen, so einen Satz zu sagen. Auch sie hatte die Arme hinter dem Rücken und trat unruhig von einem Fuß auf den anderen. »Klasse Oberteil hast du heute an. Echt cool!« Sie lächelte und ihr Lächeln schien ohne Arg.

Dickie strich über ihr verwaschenes graues T-Shirt. Der Einzige, der es bislang schön gefunden hatte, war ihr Bruder Udo. Aber der hatte es nur zu Fasching anziehen wollen, als er als Gruftie gehen wollte.

»Ich wünschte, ich hätte so schöne schmale Füße wie du!«, ließ sich nun Tamara Taubenschwanz vernehmen. »Einfach süß!«

Dickie bewegte die Zehen in ihren ausgetretenen Turnschuhen.

Kerstin Isenköttel wollte wissen, ob sie eine besondere Creme für ihr Gesicht verwende. Dickies Haut sei so rein und fein. Und so ging es immer weiter. Eines der größeren Mädchen aus der ersten Reihe, die noch niemals das Wort an Dickie gerichtet hatte, fand Dickies alte Schultasche »voll vintage«, wie sie sagte. Ein anderes lobte Dickies schöne Stimme, dann folgte sie dem Tross um Fabiola herum auf den Schulhof hinaus. Sogar einer der Jungen, Heinz-Dietlef, von dem es hieß, dass er immer mit den Puppen seiner Schwestern spielte, ließ sich zu einem Kommentar hinreißen. Er mochte auch Dickies Schuhe, wie er sagte, aber das wisse sie ja sicher lange. Er errötete über und über und knetete dabei seine Finger, als wolle er einen Knoten hineinschlagen.

Dann kam Kelly Schröter. Er brachte kaum mehr als ein Stottern hervor. »Mag dich auch!«, raunte er, dann machte er, dass er wegkam.

So viele schöne Worte! Hatte sie sich vielleicht nur eingebildet, dass die anderen Kinder sie nicht mochten? Dickie konnte vor lauter Freude kaum noch denken. Fast hätte Dickie darüber Johannes und Calypso in ihrem Federmäppchen vergessen. Johannes saß unterdessen mit glasigen Augen auf dem Radiergummi. Calypso wand sich immer noch hin und her wie ei-

ne Schnecke ohne Häuschen. »Ganz ruhig!«, murmelte Dickie halb zu sich selbst und je ein Viertel zu Calypso und zu Johannes.
Unterdessen hatte es aufgehört zu regnen. Eine kalte Sonne blinzelte hinter grauen Wolken hervor. Dickie fühlte sich leicht. Die Sonne erwärmte ihr Herz und die netten Dinge, die die Kinder zu ihr gesagt hatten, füllten es mit Zuversicht. Das Leben war nicht so schlecht, wie

sie geglaubt hatte. Es war vielleicht sogar ganz schön. Und sie, Dickie, konnte alles erreichen, wenn sie nur wollte, das spürte sie plötzlich. Und noch etwas wusste sie plötzlich. Sie würde Johannes – so wie er war – einfach zu Frau Senfkorn zurückbringen. Sie würde ihr erklären, was geschehen war. Und bestimmt würde Frau Senfkorn froh sein, ihn wiederzuhaben, egal, wie klein er war. Vielleicht hatte der neue Zustand für Frau Senfkorn sogar Vorteile. War es ihr nicht immer so schwergefallen, selbst mit ihm in der Stadt herumzuwandern? Jetzt könnte er seine ausgedehnten Spaziergänge in ihrem Vorgarten unternehmen und Frau Senfkorn könnte in ihrem Liegestuhl sitzen und ihm dabei zuschauen. Bestimmt würde er jetzt auch viel weniger fressen und damit billiger im Unterhalt werden. Frau Senfkorn musste sparen, das wusste Dickie. Die Liebe von Frau Senfkorn zu Johannes würde die ganze Sache nicht beeinflussen. Sie selbst, Dickie, fand Johannes schließlich jetzt auch noch genauso niedlich wie immer. Vielleicht sogar süßer! Sie würde auch weiterhin gern mal auf ihn aufpassen. Während Frau Senfkorn staubsaugte, zum Beispiel. Dickie beschleunigte ihren Schritt. Sie würde direkt zu Frau Senfkorn gehen und die Sache gleich hinter sich bringen. Ein Glücksgefühl durchströmte sie.

Vor dem Schultor stand Fabiola, schon wieder umringt von den Mädchen und seltsamerweise auch von Heinz-Dietlef. Dickie winkte ihnen allen zu, aber sie schienen alle sehr beschäftigt zu sein. Die Sonne glitzerte und fing sich in Fabiolas Haarspange und in den silbernen Flipflops. Das sah zauberisch aus, fand Dickie. Sehr nett. Aber schimmerte da nicht plötzlich etwas in den Haaren von Olivia Ochsenbrüller? Was leuchtete auf den Köpfen von Kerstin und Irene Isenköttel? Was legte Fabiola eben in die Hand von Tamara Taubenschwanz? Es glänzte wie ein Stern. Auch Heinz-Dietlef nahm so ein leuchtendes Etwas entgegen.

Dickie spürte, wie sich die Schultreppe unter

ihren Füßen bewegte. Was war es, das Fabiola den Kindern aushändigte? Und wofür?
Sie hatte Kelly nicht kommen hören. Nun aber stand er direkt hinter ihr. »Sie hat ihnen Haarspangen versprochen, wenn sie dir ein Kompliment machen.« Seine Stimme zitterte. »Sie haben alle die Finger hinter dem Rücken gekreuzt, damit es keine Lüge ist. Fabiola hat gesagt, dass es nicht mehr gilt, wenn man ein Kreuzzeichen macht. Das hebt alles auf!« Er stockte. »Aber was *ich* gesagt habe, das war ehrlich gemeint!« Er hielt ihr die offenen Hände hin. »Ich finde dich nett, Dickie!« Damit schnappte er seine Tasche und eilte vom Schulhof.
Dickie Zickewitz aber stand da wie eine Säule. Bildete sie sich das nur ein, oder zeigten jetzt einige der Mädchen mit Fingern auf sie und gackerten wie die Hühner? Die Sonne verschwand hinter einer Wolke. Graues Licht legte sich über den Schulhof und die Straße.

# 9. Kapitel

Den Weg von der Schule zu Frau Senfkorn war Dickie schon oft gegangen. Es war nicht einmal weit und es ging den Hügel leicht bergab. Heute aber erschien er ihr ewig und so, als ginge es den Hügel leicht bergauf. Sie trottete voran. Calypso und Johannes in ihrem Federmäppchen fühlten sich schon ganz schlaff und feucht an. Oder ob das ihre zitternde Hand war, mit der sie die kleine schäbige Tasche fest umschlossen hielt? Die Schultasche auf ihren Schultern wurde auch immer schwerer. Fabiola ist gemein. Fabiola ist gemein. Bei jeder Silbe stapfte sie einen Schritt voran. Es hämmerte in ihrem Kopf. Wie hatte sie ihr nur so etwas antun können? Und wie hatte sie nur darauf hereinfallen können, dass die zickigen Mädchen in der Schule ihr plötzlich alle etwas Nettes sagten? Dass sie das nicht gleich gemerkt hatte! Ihr Gesicht brannte. Das kam von den Tränen, die an ihren Wangen herunterrannen. Johannes und Calypso wurden immer unruhiger. Vermutlich witterte Johannes die Wiese in der Mitte der Siedlung, auf der auch an diesem Nachmittag die Hunde einiger alter Leute herumtollten. Ob sie zumindest Johannes einmal kurz auslassen sollte? Sie wuchtete den Rucksack von ihren Schultern und stellte ihn auf dem Boden ab, dann kniete sie sich daneben und öffnete den Reißverschluss des Federmäppchens ein wenig, um in die kleine Tasche zu spähen. Johannes hob sofort seinen Kopf. Sie müsste etwas haben, woran sie ihn halten könnte, eine winzige Hundeleine vielleicht. Aber woher sollte sie die nehmen? Ob ihr Schnürsenkel ginge? Johannes schien zu spüren, dass sie etwas Wichtiges überlegte. Denn er legte den Kopf schief. Dann bellte er plötzlich kurz auf, wiff, wiff, atmete tief ein und sprang in einem gewaltigen Satz auf die Wiese.

»Johannes!«, schrie Dickie und ließ die Federtasche fallen. Johannes war schnell wie ein Pfeil. Dickie krabbelte verzweifelt hinter ihm her und hätte ihn auch fast noch erwischt. Da huschte plötzlich etwas kleines Schwarzes an ihr vorbei und verschwand hinter Johannes im Gras. »Calypso! Bleib hier! Hier sind große Hunde!« Doch da waren die beiden bereits verschwunden!

Dickie fühlte, wie die Verzweiflung ihren Hals zuschnürte. Wie sollte sie Johannes nur wiederfinden? Das Gras war dicht und sommerlich und an einigen Stellen fast knöchelhoch. Dickie spürte, wie eine Gruppe älterer Leute zu ihr herüberschaute. »Das ist hier nicht für Kinder. Das ist eine Wiese für Hunde!«, zischte eine weißhaarige Dame und ließ ihren gleichfarbigen Spaniel von der Leine. Der große weiße Hund sprang sofort kläffend und mit schlackernden Ohren in die Richtung, in die Johannes und Calypso gerade verschwunden waren. Fiepte Johannes etwa?

Oder war das nur das Schluchzen, das jetzt aus Dickies Kehle drang?

»Mann, du bist vielleicht schnell!«, schnaufte in dem Augenblick eine Jungenstimme hinter ihr. Kelly Schröter! Der hatte ihr gerade noch gefehlt! »Ich wollte dich fragen, ob ich dir irgendwie helfen kann. Wo wir ja jetzt Nachbarn sind.« Kelly schien zu überlegen. Das konnte man fast hören.

»Hau ab!«, zischte Dickie. Johannes hatte Angst vor männlichen Wesen. Das fehlte gerade noch, dass er ihn jetzt noch weiter in die Wiese hineintrieb.

»Hast du irgendwas im Gras verloren oder

was?« Kellys Stimme zitterte. »Deine Federmappe liegt hier auf dem Boden.« Offenbar hatte er sie aufgehoben und schnupperte daran. »Ihh«, machte er. »Die solltest du mal waschen.«

»Verzisch dich!«, quetschte Dickie hervor. Sie hatte sich jetzt flach ins Gras gelegt und robbte langsam voran. Aber offenbar verzischte er sich nicht. Er stand nur da und warf einen Schatten.

»Du musst dich gar nicht auf unserer Hundewiese verstecken. Man sieht dich trotzdem!«, gellte die weißhaarige Dame. Ihre Freunde murmelten zustimmend.

Dickie robbte verzweifelt weiter voran.

Da sah sie Johannes. Er lag dicht neben Calypso unter einer Butterblume und winselte. Über ihm fletschte ein Hund seine Zähne, die ein jeder fast so groß waren wie Johannes' ganzer Kopf. Der fremde Hund knurrte. Geifer tropfte aus seinem Maul und traf Calypso, die angewidert, aber steif wie ein Stofftier ihrem Schicksal entgegenblickte. Johannes schaute Dickie mit seinen kleinen schwarzen Augen flehentlich an.

Ein Happs von dem großen Tier und der kleine Hund wäre verschwunden. Dickie hatte das Gefühl, sie sei zu Stein geworden.

In diesem Moment machte es plötzlich Plopp. Himbeerduft breitete sich aus. Dann schlug etwas neben ihr auf. »Teufel, ist das hier hart!«, stöhnte Fabiola und wälzte sich auf die Seite. Schon wehte ein Windstoß eine von Fabiolas langen hellen Haarsträhnen vor Dickies Gesicht. Fabiola lachte und steckte ihre Haare wieder fest. »Oh, nehmen wir ein Sonnenbad? Fein!«

Dickie schluchzte leise auf. Ihr ganzer Körper wackelte dabei.

Endlich schien Fabiola den großen Hund und die beiden kleinem Tiere vor seiner Schnauze ebenfalls zu bemerken. »Da sind ja auch unsere beiden!«, rief sie aus. »Aber der große Hund sieht gefährlich aus, findest du nicht auch?« Sie starrte ihn mit ihren hellen Augen an, schien aber nicht die Absicht zu haben, irgendetwas zu unternehmen. Der Hund seinerseits beachtete sie gar nicht.

Dickie sah, wie sich das Fell von Johannes gesträubt hatte, wie bei einem kleinen Igel. Calypsos Schwanz war hoch nach oben gereckt, sogar im Liegen machte sie einen Buckel. Johannes hatte seinen Schwanz fest mit dem ihren verschlungen. Sie klammerten sich verzweifelt aneinander. Fast sah es aus wie ein Kreuz, dachte Dickie.
Da hatte sie plötzlich eine Idee.
»Kannst du zaubern, wenn jemand die Finger überkreuzt? Oder irgendetwas anderes?«
Fabiola sah sie verwundert von der Seite her an.

»Das ist geheim. Das darf ich dir nicht sagen!« Sie klang fast beleidigt.
»Aber sieh doch nur, wie Johannes und Calypso dort liegen. Sie haben ihre Schwänze gekreuzt!«
Fabiola nickte. »Das ist die Todesangst. Sie kuscheln sich aneinander!«
»Das haben sie gestern Abend auch immer gemacht. Vielleicht wirkt das genauso, als ob man die Finger überkreuzt. Es ist wie mit den Lügen der Mädchen in der Schule. Was sie sagen, gilt nicht. Und bestimmt gilt auch dein Zauber nicht, wenn jemand so etwas macht. Dann ist es egal, was du sagst. Es wirkt nicht. Vielleicht ist es dir deshalb nicht gelungen, sie wieder groß zu zaubern!«
»Dazu sage ich jetzt gar nichts!« Fabiola starrte nur die beiden Tiere an.
»Fabiola!« Dickie hatte das Gefühl, dass der Hund gleich zuschnappen würde. Sein Knurren wurde immer tiefer. »Nun unternimm doch endlich etwas!«

Fabiola nickte. »Gut. Wir müssen die beiden trennen. Aber ich mach das nicht. Du musst den großen Hund wegjagen!«

»Tschsch, tsch!«, machte Dickie. Der Hund schien das nicht einmal gehört zu haben.

»Dann hilft es nichts«, säuselte Fabiola. »Dann müssen wir ihn etwas verkleinern.« Ihre Stimme klang nun doch etwas unsicher. »Hoffentlich klappt das überhaupt. Bist du bereit, Dickie Zickewitz?«

»Ich? Wieso?« Dickie spürte, wie das Blut in ihren Schläfen pochte. Warum sprach Fabiola sie plötzlich schon wieder mit ihrem kompletten Namen an? Das klang irgendwie feierlich, fand Dickie. Feierlich und bedrohlich. Zudem verblasste die Sonne plötzlich. Konnte es sein, dass ein lilafarbener Lichtschein über ihnen lag? Dickies Augen brannten. »Und wenn es nun nicht geht?«, wollte Dickie gerade fragen. Aber sie kam nur bis »wenn«, dann bildete sich plötzlich Gänsehaut auf ihren Armen, ein kühler Wind umfächelte sie, es ploppte in ihren Ohren, und

einen Augenblick später fiel sie auf ein Kleeblatt. Das war so groß wie ein Teetablett, aber viel weicher. Das lilafarbene Licht war nun auch verblasst. Die Sonne schien unverdrossen weiter.
Fabiola kicherte. »Auf einer Wiese macht es besonders viel Spaß, so klein zu sein«, jubilierte Fabiola. »Man hört auch ganz andere Sachen. Horch mal, wie die Blattläuse zwitschern. Und schau nur, der Käfer. Seine Flügel knarren ja richtig. Und wie dick er ist. In der großen Welt würde so etwas doch glatt als Dackel durchgehen!« Sie schüttete sich fast aus vor Lachen. »*Dein* Gesicht müsstest du mal sehen!«
Dickie reichte es schon, das Gesicht des Käfers zu sehen. Offenbar war sie auf seinem Kleeblatt gelandet, denn er sah sie vorwurfsvoll an. Auf Augenhöhe. Dickie rappelte sich mühsam hoch, und der Käfer blickte ihr feindselig hinterher. Die höchsten Grashalme ragten ihr nun bis an die Schultern. Hoffentlich konnten die alten Leute sie wenigstens nicht erkennen. Womöglich würden sie noch ihre Hunde auf sie hetzen.

Da fühlte Dickie etwas Weiches an ihrer Wade. »Johannes!« Er hatte sich wieder auf die Füße gestellt, während sein Peiniger immer noch verdattert im Gras hockte und leise winselte. Er war immer noch etwas größer als Johannes, aber nicht mehr mutiger. Calypso schenkte dem weißen Hund einen verächtlichen Blick aus ihren grünen Augen und wich Johannes nicht von der Seite.

»Humboldt!«, schrillte die Stimme der alten Dame von weit her. »Wo bist du nur wieder hingelaufen, mein alter Stromer!«

Dickie hatte sich neben Johannes und Calypso gekniet und streichelte sie beruhigend. »Jetzt wird alles wieder gut!«

»Da wäre ich mir nicht so sicher!«, murmelte Fabiola. »Anscheinend reicht dieser Zauber ja nur ein paar Meter weit. Ich hatte eigentlich gedacht, dass alle Hunde der Umgebung klein werden. Das muss ich vielleicht noch mal im Zauberbuch nachlesen!«

Dickie hatte schon seit einigen Momenten das

Gefühl gehabt, dass die Luft von einem seltsamen Geruch nach Fleisch und nasser Wolle erfüllt war.

Nun hörte man das leise Klingeln von Hundemarken, die an metallene Halsbänder schlugen, und das Stampfen von Hundepfoten auf der Wiese. Schon hatte die Meute den kleinen Grasflecken erreicht und sie umringt.

Dickie blickte in ein großes rotes Maul, das sich direkt über ihr geöffnet hatte wie eine Baggerschaufel.

»Schnell! Du musst Johannes und Calypso voneinander trennen. Sie kreuzen immer noch die Schwänze!«

Dickie zerrte an Johannes, aber Calypso ließ nicht locker. Daraufhin ließ Dickie Johannes los und versuchte, Calypso auf den Arm zu nehmen. Sie zog und zerrte, aber nun ließ Johannes nicht locker. »Hilf mir gefälligst!«, rief Dickie verzweifelt. Calypso schien sich extra schwer zu machen.

»Kann ich nicht, muss zaubern«, zischte Fabio-

la zwischen zusammengebissenen Zähnen und fuchtelte mit den Händen in der Luft herum. Dickie sah den Turnschuh erst, als er fast auf sie getreten wäre. Er war so groß wie ein Rettungsboot. Und er kam ihr irgendwie bekannt vor. Zwei nackenrollendicke Finger senkten sich auf den Boden, nahmen Johannes vorsichtig in die Zange und schüttelten ihn leicht. Am Himmel erschien eine graue Wolke mit einem Hauch ins

Rötliche. Calypso klammerte sich noch einen Moment lang fest, dann ließ sie sich fallen. Dickie nahm sie sofort auf den Arm. Der riesige Hund über ihr schnaufte verächtlich. Fabiola fuchtelte und fuchtelte. Die Luft wurde lila.
Da schrie Dickie Zickewitz. Es rauschte in ihren Ohren. Ein eisiger Wind streifte ihren Körper. Dann knallte es, sie flog ein Stückchen in die Luft und landete mit einem Rums wieder auf ihren Füßen. Groß und kräftig wie je zuvor.
Das lilafarbene Licht war verloschen. Dickie blickte zu ihren Füßen hinunter. Dort unten huschte ein winziger Käfer. Das Gras reichte ihr bis knapp über die Knöchel. Jemand pfiff die Hundemeute heran. Kelly Schröter, der neben ihr stand, trug Johannes im Arm, ließ ihn jetzt aber sanft zu Boden. Jeder wusste, dass Kelly etwas trottelig war. Aber konnte es sein, dass er wirklich nicht bemerkt hatte, was hier vorgegangen war? Wusste er nicht, dass er eben noch einen winzigen Hund hochgehoben hatte und

nun einen großen runden Johannes in den Armen hielt? Kelly lächelte schief.
Calypso in Dickies Armen sträubte sich und kratzte ihr mit ihren Krallen über die Hand. Dickie hätte sie fast fallen gelassen, so weh tat das. Kaum dass Calypso im Gras saß, fauchte sie Johannes an.
Auch Fabiola stand wieder in voller Größe neben ihnen. Sie wischte sich mit dem Handrücken über ihre weiße Stirn. »Was gibt es da zu gucken?«
In diesem Augenblick sahen sie Frau Senfkorn. Sie hatte in einer Gruppe älterer Leute gestanden und kam nun mit ihren kleinen drahtigen Schritten auf sie zugelaufen. »Ach, da bist du ja, Dickie«, sagte sie, bückte sich und puschelte Johannes kurz über den Kopf. »Ich habe schon bei euch angerufen. Ich wollte dich fragen, ob Johannes noch eine Nacht lang bei euch bleiben kann. Ich möchte zu meiner Schwester fahren und komme erst morgen zurück!« Sie sah Dickie forschend an. »Johannes wirkt heute übri-

gens *nicht* sehr fröhlich. Ich hoffe doch, dass er sich bei dir nicht allzu sehr langweilt!«

Fabiola gab Dickie einen Stoß in die Rippen. »Keine Sorge, Frau Senfkorn«, zwitscherte sie. »*Ich* denke mir ein paar Überraschungen für ihn aus!«

»Gutes Kind«, entgegnete Frau Senfkorn. »Daran solltest du dir mal ein Beispiel nehmen, Dickie!« Damit rauschte sie quer über die Wiese davon.

Kelly Schröter blickte zu seinen Schuhen hinunter. »Ich hätte wetten können, dass ich hier eben so einen kleinen Stoffhund gefunden habe.« Er zuckte die Schultern und sah dabei so künstlich aus, als ob er wieder einmal in einer Schulaufführung die kleinste verfügbare Rolle spielte. Dazu errötete er auch noch, während er mit den Augen weiter das Gras abzusuchen schien. »Jetzt ist er dann wohl wie weggezaubert!«

Fabiola schenkte ihm einen boshaften Blick. »Quatsch. Du siehst zu viel fern.«

# 10. Kapitel

Als sie endlich die alte Villa am Ende der Straße zwischen den Bäumen hindurchschimmern sahen, hatte Dickie fast schon das Gefühl, als ob sie nach Hause käme. Dabei wohnten sie doch erst einen Tag und eine Nacht lang hier. Sic freute sich richtig auf ihr Bett, so schief es auch war. Bestimmt kam das von der Erschöpfung. Johannes war ihnen fröhlich vorausgehoppelt. Seine Ohren wackelten im Wind. Es war ihm deutlich anzumerken, dass er sich darüber freute, wieder etwas größer zu sein als die Würstchen der Straßenhunde. Dickie ärgerte sich, dass er sich ständig zu Fabiola umsah und immer wieder wedelnd zu ihr kam. Dickie indes beachtete er nicht. War sie es nicht gewesen, die ihm das Leben gerettet hatte? Calypso ließ sich überhaupt nicht mehr blicken. Sie war die Straße entlang geschossen wie ein Pfeil.

Fabiola summte ein kleines Lied.

»Hör auf, das nervt«, sagte Dickie. Sie fühlte sich den ganzen Tag schon so, als ob sie irgendetwas vergessen hatte und nicht wusste, was. Das war schrecklich.

Fabiola pfiff lauter.

»Du bist vielleicht gut«, sagte Dickie. »Hast du denn überhaupt kein schlechtes Gewissen, nach dem, was du mir heute Morgen in der Schule angetan hast?«

Fabiola zog die Stirn kraus. »*Gewissensbisse* hatten wir noch nicht. Die kommen erst im hundertsten Lehrjahr dran. Genau wie Schlangenbisse und bissige Bemerkungen!«

Dickie stöhnte.

»Eine Ausbildung zur Hausfee ist sehr kompliziert«, fuhr Fabiola fort. »Geboren wird man nämlich als kleine Elfe. Aber ob man zur Hausfee taugt, das stellt sich erst später heraus!«

»Und wenn nicht? Was macht die kleine Elfe dann? Wird sie dann eine alte Hexe oder was?« Dickies Stimme klang sehr schrill, das fand sie selbst, und sie hätte nie gedacht, dass sie doch ein ganz kleines bisschen zickig sein könnte. Sie sah Fabiola von der Seite her an. Konnte es wirklich sein, dass sich jetzt hektische kleine Punkte auf ihren Wangen bildeten?

»Nein, dann wird sie eine Gartenfee«, presste Fabiola hervor. »Oder eine Flussfee. Das sind auch sehr hübsche Berufe. Es geht schließlich nicht immer nur um die Karriere.« Fabiola schluckte. »Und Gartenfee oder Flussfee zu sein, ist immerhin nicht so ein Gewürge wie das hier!«

»Ist doch deine eigene Schuld. *Du* ärgerst *mich* immer!«

Fabiola schwenkte ihre langen fisseligen Haare.

»Gar nicht wahr. Ich unterhalte dich nur. ›Paragraf 1: Eine Hausfee liest ihrem Verbindungsmitglied . . .‹«, Fabiola wandte sich zu Dickie, »mein Verbindungsmitglied in der Familie bist du, denn du weißt als Einzige von mir, also . . . ›liest ihrem Verbindungsmitglied jeden Wunsch von den Augen ab.‹« Fabiola legte den Kopf schief. »Und tue ich das etwa nicht?«
Dickie konnte vor lauter Empörung gar nicht mehr weiterlaufen. »Was soll das heißen?«, rief sie. »Du erfüllst mir doch keine Wünsche! Du quälst mich, wo du nur kannst. Allein die Sache mit meinem Zimmer! Und was glaubst du, wie sehr mich das verletzt hat, dass du die Mädchen mit Haarspangen bezahlt hast, damit sie mir etwas Nettes sagen! Und wie stehe ich jetzt vor Frau Senfkorn da? Zwei Jahre lang habe ich zuverlässig auf Johannes aufgepasst und dann war er auf einmal klein wie eine Praline und ich konnte ihn nicht zurückbringen!«
Fabiola wackelte mit dem Kopf. »Jaja, schon gut. ›Paragraf 2: Eine Hausfee erträgt die vielen

Worte der Menschen. Sie bleibt immer lieb und geduldig!‹«

*»LIEB und geduldig! Das bist du nicht!«,* gellte Dickie. Ihre Stimme kitzelte in ihrem Hals. »Was glaubst du eigentlich, welche Wünsche es waren, die du mir angeblich von den Augen abgelesen hast? Ich wünsche mir nur, dass du verschwindest, das ist alles!«

»Das ist ein Fall von Paragraf 2, würde ich mal sagen. Da höre ich gar nicht hin.« Fabiola war ihr mit dem Gesicht nun ganz nahe gekommen. »Du willst wissen, was in deinen Augen zu lesen ist?« Sie schürzte die Lippen und starrte Dickie in die Augen, dass es schon fast brannte. »Nicht viel, würde ich mal sagen. Du bist ein schlichter Charakter. Nichts Besonderes eben. Auffällig sind eigentlich nur deine Langeweilepünktchen, die hab ich sofort gesehen. ›Paragraf 3: Verbindungsmitglieder mit Langeweilepünktchen sind umgehend zu bespaßen.‹« Fabiola lächelte stolz. »Und das mache ich ja. Ich finde, für den Anfang war das heute schon ganz gut. Morgen werde ich mal etwas weiter aufdrehen. Vielleicht könnten wir mal was Lustiges spielen!«

*Vielleicht könnten wir mal was Lustiges spielen!?* Dickie bekam eine Gänsehaut bei dem Satz. Das war einer der Lieblingssätze ihres Vaters. Für einen Spieleerfinder vielleicht nicht ungewöhnlich, so etwas zu sagen. Bei Dickies Vater jedoch endete es immer damit, dass sie tatsächlich ein Spiel spielten. Und zwar eines, das er selbst erfunden hatte. Eines, das grottenlangweilig war. Und bei dem *er* immer gewann. Kein Wunder eigentlich, wenn in Dickies Augen bereits die Langeweilepünktchen blitzten. Ihr Vater! Das war es, was sie vergessen hatte! Er hatte morgen Geburtstag! Wie hatte sie das nur vergessen können? Was sollte sie ihm nur schenken? Dickies Vater legte höchsten Wert darauf, Geschenke zu bekommen. Und sie mussten entweder eingewickelt oder hübsch dekoriert sein. Dickie blickte auf ihre Armbanduhr. Die Geschäfte bei ihnen hier draußen

waren lange geschlossen. Aber kaufen konnte sie ihm ohnehin nichts. Sie hatte ja nicht einmal Geld von Frau Senfkorn bekommen. Und zum Basteln war es nun auch zu spät. Das war ja eine Ka-ta-stro-phe.

»Ist dir nicht gut?« Fabiola glitt vor ihr durch die Luft. Anscheinend taten ihr auch die Füße weh. Daher hatte sie sie leicht angewinkelt und schwebte voran, ohne den Boden zu berühren. Die wenigen Passanten, die ihnen entgegenkamen, schienen nichts zu bemerken.

»Mein Vater hat morgen Geburtstag. Aber ich habe kein Geschenk für ihn!« Dickie schluckte. »Das ist so schrecklich!«

Fabiola grinste. Dann sprang sie auf den Bürgersteig und begann, mit den Armen zu rudern. Es rauschte in der Luft und auf der Straße kam ein großer roter Sportwagen zum Stehen. Fabiola schnippte in die Luft und hielt einen Schlüsselbund in der Hand, an dem eine winzige rosa Plastikfee hing. »Hier! Den kannst du nehmen. Ich habe ihn einmal in einer Zeitschrift gesehen. So einen roten Sportwagen wünschen sich alle Väter!«

Dickie schüttelte den Kopf.

»Meiner nicht.«

Es krachte. Das klang, als ob jemand in das glänzende rote Auto hineingefahren wäre. Aber da war niemand gefahren. Mit dem Knall war nur das Auto verschwunden.

»Wenn du meinst . . .?« Fabiola bewegte die Hände in der Luft, als ob sie einen Ball finge. Dann hielt sie plötzlich eine kleine grüne Karte

in der Hand. »Na, wie ist das? Eine Fußballkarte! Darüber freuen sich alle Väter!«
»Meiner nicht«, flüsterte Dickie. Ihr war schon ganz schummrig zumute. »Meiner hat eine Jahreskarte.«
Fabiola warf die Karte in die Luft und sah zu, wie sie über die nächste Hecke segelte. Dann machte sie eine Rührbewegung und fing im selben Moment einen Kochlöffel, der durch die Luft gesegelt kam. »Wie wäre es damit? Den Kochlöffel kannst du noch hübsch einpacken. Aber das eigentliche Geschenk ist ein Gourmet-Kochkurs für Väter. Das wird ihm sicher Spaß machen!«
Dickie schüttelte matt den Kopf. »Seit er sich mal die Finger verbrannt hat, macht er einen riesigen Bogen um jeden Herd. Über so einen Kochkurs würde sich mein Vater überhaupt nicht freuen. Und er hat auch ohnehin keine Zeit.«
Fabiola legte den Kopf in die Hand und schwebte weiter zügig voran. Fast waren sie schon an der östlichen Grundstücksgrenze an-

gelangt. »Jetzt habe ich eine Idee. Tatatataaa! Wie ist es damit?«

Dickie konnte kaum noch bremsen. Fast wäre sie mitten in die riesige Torte gefallen, die plötzlich vor ihr auf dem Gehsteig stand. Die Torte war siebenstöckig, schulterhoch und ganz aus rosa Creme. Obenauf stand ein kleines Marzipanmännchen, das mit seiner schlacksigen Gestalt Dickies Vater verdächtig ähnlich war. Das Marzipanmännchen stand in einem Kreis aus dicken Himbeeren und trug auch eine in der Hand. Dickie ruderte mit den Armen, um nicht doch noch in die Torte zu fallen.

»Sie gefällt dir nicht, oder? Ich sehe es dir an. Sie ist zu groß. Zu dick. Zu lecker. Sie ist irgendwie falsch.« Konnte es sein, dass Fabiola nun mit den Tränen kämpfte?

»Nein, sie ist schön«, entgegnete Dickie. »Aber ich habe sie nicht selbst gemacht. Sie ist gekauft, so etwas gefällt meinem Vater nicht.« Sie sah Fabiolas entsetztes Gesicht. »Gekauft oder gezaubert, das ist für ihn bestimmt das Gleiche.«

Es rauschte in der Luft und ein wenig klang dieses Rauschen nach einem Schmatzen, dann war die Torte verschwunden. Nur ein kleiner Sahneklecks lag noch auf dem Bürgersteig. Johannes kam sofort herbeigehoppelt und schleckte ihn auf.
»Das ist es!«, rief Dickie. »Ich backe ihm eine Geburtstagstorte. Mit einer 37 drauf, er wird nämlich siebenunddreißig!«
»Tatsächlich?« Fabiolas Tränen waren getrocknet. Ihre Stimme war so hell und zart wie ehedem. »Ich helfe dir beim Backen!«
»Nein!« Dickie hatte so laut aufgeschrien, dass sogar Johannes zusammenzuckte, bevor er unter dem Zaun hindurch auf das Grundstück robbte. »Wenn du mir ein paar Zutaten ... besorgst ... dann reicht mir das völlig. Darüber wäre ich sehr froh, wirklich, Fabiola. Aber backen möchte ich die Torte gern alleine. Es soll eben eine Tochtertorte werden und keine Bäckertorte und auch keine Feentorte.«
Dickies Vater stand schon auf der Schwelle des

Hauses, als sie nach Hause kamen. Er musterte Dickie von oben bis unten. »Ah, keine großen Tüten und Päckchen. Ich kriege also etwas geschenkt, was in eine Schultasche passt?« Sein Gesicht war vor Freude ganz rot. »Etwas zum Spielen?«
»Nicht direkt, Herr Zickewitz.« Fabiola strahlte ihn an. »Das heißt, in die Schultasche hineinpassen würde dasjenige schon. Aber ob man es versuchen sollte?«
»Hör endlich auf damit, Fabiola!«
Als Dickie in die Küche kam, standen alle Backzutaten bereits parat. Fabiola hatte sogar einen feinen rosa Puderzucker gezaubert und einen ganzen Korb voller kleiner hellblauer Enteneier. Sehr hübsch. Dickie band sich ein altes Küchenhandtuch als Schürze um und machte sich sofort an die Arbeit.
So eine Torte zu backen, war schwerer, als sie es sich vorgestellt hatte. Kuchen hatte sie schon öfter mal gemacht. Aber die Sahnecreme an den Seiten der Torte festzustreichen, war nicht ganz

leicht. Von der Verzierung ganz zu schweigen. Johannes tobte durchs Haus auf der Flucht vor Calypso. Wenn er nur aufhören wollte zu kläffen. Dickie konnte sich gar nicht richtig konzentrieren.
»Soll ich mal?« Fabiola lächelte süßlich.
»Hau ab!«
Dickie wedelte mit der Hand.
»Wedle nicht nach mir, das ist für eine Fee sehr beleidigend, wenn sie weggewedelt wird.«
Dickie arbeitete unverdrossen weiter. Als sich draußen eine weiche Dämmerung herabsenkte, hatte sie endlich die »Drei« und die »Sieben« fertig, nun fehlte nur noch das Herz, das die »37« umrahmen sollte. Ihr Vater würde Augen machen. Die Torte war sehr schön geworden, wie ein runder weicher Hut. Dickie stellte vorsichtig die Tortenkuppel darüber, räumte schnell die Küche auf, huschte ins Wohnzimmer und ließ sich auf das große Cowboysofa fallen. Was für ein Tag! Sie war sehr zufrieden mit sich.

Der Duft der Torte hatte sogar Udo und Britt aus ihren Zimmern gelockt. »Nicht naschen!«, rief Dickie müde.

Aber sie naschten nicht. Dickie reckte den Hals und konnte sehen, wie Udo die Torte anstarrte. Britt war noch blasser geworden, als sie es ohnehin schon war.

»Lass die bloß nicht Paps sehen!«, presste Udo hervor und schlurfte in sein Zimmer zurück.

»Du bist wirklich unmöglich«, schnappte Britt und schüttelte den Kopf. »Das hat Paps nun wirklich nicht verdient. Ich finde, er lässt dir viel zu viel durchgehen.«

Fabiola gluckste.

Dickie rappelte sich mühsam vom Sofa hoch. Die Torte war doch eigentlich sehr gut geworden. Sanft schimmernd und cremig stand sie unter der Glasglocke. Das Sahneherz in ihrer Mitte sah aus wie gemalt. Und auch die beiden Ziffern waren perfekt gelungen. Aber nur auf den ersten Blick. Denn dort stand jetzt: »73«!

Dickie spürte, wie sich der Boden unter ihren

Füßen bewegte. »Fabiola!« Aber Fabiola war nicht mehr zu sehen.

Da hatte Dickie eine Idee. Sie hob vorsichtig die Kuppel an.

Die »3« aus Sahne schmeckte wunderbar. Dickie nahm sie mit dem Finger vorsichtig aus der Mitte des Sahneherzens und schleckte sie ab. Ein Hauch von Vanille. Ein Hauch von Erdbeeren. Und ein Hauch von einer »3«. Genauso sollte eine Torte schmecken. Ihr Vater würde begeistert sein! Sagte er nicht immer, dass er sich fühlte wie sieben? Eine »7« stand jetzt auch auf seinem Geburtstagskuchen. Das war das schönste Geschenk für ihn, da war sich Dickie ganz sicher.

# 11. Kapitel

Es war dunkel geworden in der alten Villa. Dickie lag in ihrem alten, schiefen Bett und spürte, dass sie wunderbar schlafen würde. Oben aus dem Schrank schimmerte ein matter rosafarbener Lichtschein. Dann öffnete sich langsam die Schranktür. Fabiola trug einen rosa Schlafanzug mit lauter kleinen weißen Siebenen. »Bist du noch wach?«

Dickie nickte. Aber dann fiel ihr ein, dass vermutlich sogar Fabiola das im Dunkeln nicht sehen konnte, und sie sagte leise Ja.

»Wünschst du dir immer noch eine Freundin?«

»Ja, sehr«, murmelte Dickie. Die Augen fielen ihr schon zu.

»Aber du hast doch mich!«, flüsterte Fabiola Fee. »Ich könnte deine Freundin sein und immer bei dir bleiben. Soll ich?«

Dickie Zickewitz hatte nicht mehr die Kraft zum Antworten. Sie spürte, wie sie langsam in einen Traum versank. Nur eine Hand konnte sie noch heben. Damit kreuzte sie die Finger.

Doch da schloss der Schlaf sie schon in seine Arme. So bemerkte Dickie nicht, dass plötzlich etwas anders war. Ihr Kopf ruhte nicht mehr auf dem alten grauen Kissen und auch die schwere verschlissene Bettdecke war plötzlich eine andere. Ihr Kissen war aus feinstem rosa Gewebe und es war über und über mit winzigen grünen und blassgelben Sternchen bestickt. Die Bettdecke indes war ein duftiger Traum aus

Samt und bunter Seide. Wenn sie noch wach gewesen wäre, dann hätte sie sehen können, dass die zarten goldenen und silbernen Fäden, die in die Decke gewirkt waren, kleine Feen darstellten, die um ein wunderschönes Mädchen herumschwebten, das weder dick war noch zickig noch witzig.

Fabiola hatte sich weit aus dem Schrank herausgebeugt, um Dickie in all der Pracht zu sehen. Sie lächelte. Dann warf sie sich auf ihr eigenes Bett, dass es leise krachte, verzog das Gesicht zu einem Lächeln und starrte noch lange in die Dunkelheit hinaus.